SIEGRIED LENZ

Der Geist der Mirabelle

Geschichten aus Bollerup

mit Bildern von

KLAUS FUSSMANN

| Hoffmann und Campe |

1. Auflage 2013

www.hoca.de
Einbandgestaltung: Petra Reclam nach der
Reihengestaltung von Katja Maasböl, Hamburg
Einbandabbildung: Klaus Fußmann
Druck und Bindung: GGP Media GmbH, Pößneck
Printed in Germany
ISBN 978-3-455-40446-3

HOFFMANN
UND CAMPE

Ein Unternehmen der
GANSKE VERLAGSGRUPPE

INHALT

VORWORT

Bollerup ist kein vergessenes Dorf. Es liegt weder im Rücken der Geschichte noch in der geographischen Abgeschiedenheit, die der Idylle bekömmlich ist. Es ist ein Dorf von heute: offen, erreichbar, von reisenden Vertretern erobert, von Versandhäusern generalstabsmäßig mit dem letzten Wunschkatalog bedient. Die Filme, die hier gezeigt werden, laufen auch gerade in der Stadt. Die Informationen aus Brüssel sind so neu, daß sie nur die alte Weißglut bestätigen können. Was die Mädchen tragen, wird zur gleichen Zeit in München, in Köln, in Kopenhagen spazierengeführt. An Sonntagen, da zeigen allenfalls Hände und Gesichtsfarbe der Einwohner, daß hier Land ist, und vielleicht noch die Autos, die pfleglicher behandelt oder seltener benutzt werden als in der Stadt. Die eingeführten, die derben Indizien für Land und Landleben sind jedenfalls sehr gering geworden. Und die fünfzehn Sommer, die ich in der Nachbarschaft von Bollerup gelebt habe, beweisen mir, wie entschieden die äußerlichen Unterschiede zwischen Land und Stadt aufgehoben bzw. verwischt wurden.

Dennoch: von einer vollkommenen Angleichung kann man nicht sprechen. Es gibt etwas in Bollerup, das nur ihm und – in der Verlängerung – dem Land gehört: eine eigentümliche Erlebnisfähigkeit und eine spezifische Art, auf Erlebtes zu reagieren. Einen Beweis dafür liefern die Geschichten, die hier umgehen oder die nur hier möglich wären. In seinen Geschichten bewahrt sich Bollerup seine Eigenart, seinen verbogenen Charakter, meinetwegen: sein zweites Gesicht. Mir scheint, sie haben so viel eingrenzenden und bezeichnenden Wert, daß man sie auch Geschichten vom Lande nennen könnte. Doch das wird den Bollerupern gleichgültig sein: ich meine allerdings nicht die Einwohner des bekannten Bollerup, sondern die aus einem anderen Dorf gleichen Namens, nördlich von Kiel gelegen bzw. südlich von Aabenraa.

EIN BEIN FÜR ALLE TAGE

In Bollerup, Nachbarn, läßt sich der Wind nicht aufhalten: kommt frisch von der Ostsee heran, der er seine torkelnden Schaumlichter aufsetzt, staut sich an der ausgewaschenen Steilküste, wird abgelenkt, drückt sich flach durch die Rinne und hat freien Zugang zum Dorf. Da hält ihn kein Knick auf und kein beliebter Mischwald, forsch fällt er ein und verwechselt, möcht ich mal sagen, das abfallende Roggenfeld mit der Ostsee: bringt die Halme in Aufruhr, will sie zur Flucht veranlassen, möchte sie vielleicht vor sich herwerfen wie Wellen und aus den Ähren ein bißchen planlosen Schaum schlagen, und wenn ihm dies auch nicht gelingt – dem Roggenfeld selbst verschafft er unerwartete Bewegung: duckt und schleudert es, walkt es durch, läßt es den Hang hinauflaufen und all so 'n Zeug.

Immer, wenn ich in Bollerup zu Besuch bin, nehme ich mir Zeit, den Wind im Getreide zu beobachten, was er so anstellt und sich einfallen läßt, um, beispielsweise, Schatten zu machen oder das Auge derart zu täuschen, daß man mitunter glaubt, man könnte mit einem Kahn übers Feld fahren.

Als ich das letzte Mal auf dem Hünengrab saß und den Wind beobachtete, war Jens Otto Dorsch gerade beim Mähen; er ist ein Großneffe meines Schwagers und heißt, wie dieser, Feddersen, aber da in Bollerup nur wenige Leute anders heißen als Feddersen, ist man übereingekommen, sich einen Zusatznamen zu geben, damit man sich, was ich verstehen kann, gelegentlich voneinander unterscheidet. Dieser Jens Otto Dorsch also saß auf dem Wippsitz seiner Mähmaschine – er lehnte es ab, einen Mähdrescher anzuschaffen –, saß mürrisch und gedankenlos, nahm das wogende Feld von außen an, umrundete es Mal für Mal, wobei er, sagen wir mal, den Wind immer ärmer machte, ihm nur kurze Stoppeln überließ. Mähend fuhr er zur Küste hinunter, dann ein Stück parallel zum Strand – eine Strecke, auf der er wie ein Reiter erschien, der durch ein lehmhelles, mäßig bewegtes Gewässer schwamm –, wendete kurz und kam zum Mischwald herauf, nie pfeifend oder singend, obwohl es auf Feierabend zuging. Alles, was er zeigte, war ein lustloses Interesse, dem Wind das Feld wegzumähen – womit er ungefragt den Leuten von Bollerup recht gab, die ihm den Zusatznamen Dorsch gegeben hatten.

Ich kann mich nicht erinnern, wie oft er um das Feld fuhr und da tätig war; jedenfalls hatte er das schwankende Rechteck erheblich verkleinert, ohne ein einziges Mal anzuhalten, hatte weder den Pferden ein Wort gegönnt noch sich selbst – da setzte, zu meiner Überraschung, das Klappern aus und das ratternde Geräusch der scharfzahnigen Schneidemesser, die aus bestem Metall gearbeitet sind. Ich sprang auf, kletterte auf die zeitgraue Steinbank, womit sie dem Hünen, meinetwegen, die Brust beschwert hatten, denn ich wollte genau erfahren, warum Jens Otto Dorsch seine Arbeit unterbrach, jetzt sogar abstieg und um die Mähmaschine herumging, die wie ein – na, sagen wir: beschädigtes Rieseninsekt aussah mit ihren Greifstangen, dem schrägen Flügelarm und all ihrem schwenkbaren und ausziehbaren Gestänge.

Der Dorsch ging um die Maschine herum, trat hier mal

gegen und da mal, blickte mürrisch, vorwurfsvoll, horchte mit schräggelegtem Kopf, klopfte, und schließlich beugte er sich tief über die Maschine, wobei er, allem Anschein nach, entdeckte, wo der Schaden lag. Da war etwas in die Messer geraten, in die scharfzahnigen Messerketten, die gegeneinanderarbeiteten; etwas hatte sich festgeklemmt, ein Stein, ein Stück Holz, ein ganzer Ast womöglich, und um seine Maschine wieder in Gang zu bekommen, schwang sich der Dorsch auf ein Trittbrett und ließ sich von dort in die offene, luftig gebaute Maschine hinab. Er fand Boden unter den Füßen, griff, wie ich beobachten konnte, mit beiden Händen nach dem sperrenden Gegenstand, zerrte, ruckte heftig und zog aus den Messerketten, die, ich möchte wiederholen, aus allerbestem Metall gearbeitet sind, eine armdicke Astgabel, die die Messer nur deshalb nicht hatten durchsäbeln können, weil die Gabel zu elastisch war, keinen Widerstand bot.

Gut, erst einmal bis hierher, und am liebsten nur bis hierher; denn wenn's nach mir gegangen wäre, hätte ich den Jens Otto Dorsch aufsitzen, anfahren und für alle Zeit weitermähen lassen; aber die Geschichte besteht darauf, daß er noch ein Weilchen in der offenen Mähmaschine stehenbleibt, an der Astgabel zerrt und sich, von mir aus, verlegen den Kopf kratzt – was man ja mitunter von Landleuten lesen kann.

Ich jedenfalls sehe ihn dort noch tätig sein, sehe ihn zumindest mit einem Auge so, während ich mit dem andern Auge längst Lothar Emmendinger erkannt habe, einen Feinkosthändler aus Kiel, der es sich zur Aufgabe gemacht hatte, Bollerup von der Herrschaft der Kaninchen zu befreien. Der ordentliche Jagdpächter trat mit schußbereiter Flinte aus dem Mischwald, warf den Kopf nervös hin und her, hob das Gewehr, ließ es sinken, schien überall Kaninchen zu sehen, wo ich keine sah, erfreute sich weder am Abendrot noch am Spiel des Winds im Roggen, und auf einmal stürzte er auf das Feld hinaus, riß das Gewehr hoch und schoß. Schoß, ja, und lief, von üblicher Erregung getragen, bis zur Küste hinab, gerade so, als verfolge er das fliehende Kaninchen, das sein Heil, sagen wir mal, am Strand, vielleicht sogar auf dem Wasser suchte.

Auch jetzt konnte ich kein Kaninchen erkennen, wenngleich ich zugeben muß, daß der Schuß nicht wirkungslos geblieben war: wie man sich erinnert, stand Jens Otto Dorsch in der offenen Mähmaschine; die Pferde, zwei braune Holsteiner von schlichter Gemütsart, standen angeschirrt davor, und als der Schuß fiel, taten sie, was sie für ihr Recht hielten: sie gingen durch. Die Pferde sprangen panisch ins Geschirr, tief erschreckt, vor allem erschreckt, zogen mit der Kraft, die der Schrecken angeblich verleihen soll, an und sausten in unnatürlich gehemmtem Galopp übers Feld. Die Räder der Maschine begannen sich zu drehen, das Greifgestänge zu greifen, die Flügelarme zu schlagen, und die scharfzahnigen Messerketten begannen zu arbeiten.

Daran konnte sie auch Jens Otto Dorsch nicht hindern, der, als die Maschine in gewaltsame Bewegung geriet, einfach herausgeschleudert wurde wie, ich möchte sagen: wie eine besonders schwere, lose gebundene Roggengarbe, auf das Feld fiel und dort liegenblieb. Doch noch während des Falls bemerkte ich – der ich von meinen Verwandten für scharfäugig gehalten werde –, daß der Jens Otto eigentümlich verkürzt war, besonders eines seiner Beine schien mir

nicht die ordentliche Länge zu haben – was ich, in geschwinder Erkenntnis, der Qualität der Messerketten zuschrieb. Jedenfalls blieb der mürrische Mensch auf den Stoppeln liegen, rührte sich nicht, und das machte mich sozusagen kopflos: in dem heftigen Verlangen, dem verkürzten Dorsch Hilfe zu bringen, und zwar verständige Hilfe, stürzte ich den ausgefahrenen Weg nach Bollerup und fand keinen, fand ein ausgestorbenes Dorf; und so klopfte ich bei Wilhelm Feddersen, der Axt. Sie nannten ihn in Bollerup die Axt, weil er unweigerlich alles spaltete, womit er in Berührung kam. Hastig teilte ich ihm mit, was ich beobachtet hatte, und merkte erst zum Schluß, daß die Axt schweißglänzend unter schwerem Zudeck lag, teilnahmslos, mit hohem Fieber.

So lief ich, ärgerlich über mich selbst, weiter zu Fedder Feddersen, dem Leuchtturm, erzählte ihm von dem Unglück, ließ es jedoch nicht genug sein, sondern weihte außerdem noch Jörn, Gudrun und Lars Feddersen ein, die, ihrer Eigentümlichkeit entsprechend, der Knurrhahn, die Krähe und der Rammler hießen. In der erwähnten Reihenfolge strebten die Genannten dem Roggenfeld zu, um dem verkürzten Jens Otto Dorsch Hilfe zu bringen. Ich kam als letzter an.

Kam an, trat aus dem Mischwald und sah den Dorsch auf dem Wippsitz seiner Mähmaschine, mürrisch und gedankenlos, wie es ihm entsprach. Das verblüffte mich so sehr, daß ich mir ein Herz faßte, näher heranging und meinen Blick, möcht ich mal sagen, gleichmütig zu dem verkürzten Bein hob. Ich erkannte sofort, daß das linke Bein etwa um die Hälfte kürzer war, erkannte aber auch, an einem Haken neben dem Wippsitz, das passende Stück, das dort sachgemäß mit Hilfe von Schnürsenkeln angebunden war.

Es war ein Holzbein. Es baumelte in sanftem Rhythmus hin und her. Fragend, vielleicht auch verstört, blickte ich zu Jens Otto Dorsch auf, und er sagte: »War man nur mein Alltagsbein, das die Messer kaputtgehauen haben. Wär mir das passiert mit der Ausführung für sonntags, hätt ich mich mehr geärgert! Denn das Sonntagsbein, das zu Hause steht, ist aus Eiche. Dies aber ist man nur aus Fichtenholz. Hüh.«

DAS UNTERBROCHENE SCHWEIGEN

Zwei Familien, Nachbarn, gab es in Bollerup, die hatten seit zweihundert Jahren kein Wort miteinander gewechselt – obwohl ihre Felder aneinandergrenzten, obwohl ihre Kinder in der gleichen Schule erzogen, ihre Toten auf dem gleichen Friedhof begraben wurden. Beide Familien hießen, wie man vorauseilend sich gedacht haben wird, Feddersen, doch wollen wir aus Gründen der Unterscheidung die eine Feddersen-Ost, die andere Feddersen-West nennen, was auch die Leute in Bollerup taten.

Diese beiden Familien hatten nie ein Wort gewechselt, weil sie sich gegenseitig – wie soll ich sagen: für Abschaum hielten, für Gezücht, für Teufelsdreck mitunter; man haßte und verachtete sich so dauerhaft, so tief, so vollkommen, daß man auf beiden Seiten erwogen hatte, den Namen zu ändern – was nur unterblieben war, weil die einen es von den andern glaubten erwarten zu können. So hieß man weiter gemeinsam Feddersen, und wenn man die Verhaßten bezeichnen wollte, behalf man sich mit Zoologie, sprach von Wölfen, Kröten, von Raubaalen, Kreuzottern und gelegentlich auch von gefleckten Iltissen. Was den Anlaß zu zweihundertjährigem Haß und ebenso langem Schweigen gegeben hatte, war nicht mehr mit Sicherheit festzustellen; einige Greise meinten, ein verschwundenes Wagenrad sei die Ursache gewesen, andere sprachen von ausgenommenen Hühnernestern; auch von Beschädigung eines Staketenzauns war die Rede.

Doch der Anlaß, meine ich, ist unwichtig genug, er braucht uns nicht zu interessieren, wohingegen von Interesse sein könnte, zu erfahren, daß in beiden Familien alles getan wurde, um dem Haß dauerhaften Ausdruck zu verleihen. Um nur ein Beispiel zu geben: wenn in einer Familie die Rede auf den Gegner kam, machten eventuell anwesende kleine Kinder ungefragt die Geste des Halsabschneidens, und wie mein Schwager wissen will, verfärbten sich sogar anwesende Säuglinge – was ich jedoch für eine Mißdeutung halte. Fest steht jedoch, daß die Angehörigen beider Familien bei zwangsläufigen Begegnungen mit geballten Fäusten wegsahen oder automatisch Zischlaute der Verachtung ausstießen. Gut. Bis hierher setzt das keinen in Erstaunen, etwas Ähnliches hat jeder wohl schon mal gehört.

Doch Erstaunen mag vielleicht die Ankündigung hervorrufen, daß das feindselige Schweigen an einem Gewitterabend gebrochen werden wird – aber ich will nacheinander erzählen.

Nach zweihundertjährigem Schweigen waren an einem Abend die Vorstände der beiden Familien in ihren Booten hinausgefahren, um Reusen aufzunehmen: Friedrich Feddersen vom Osten und Leo Feddersen vom Westen. Manche in Bollerup, deren Felder sich zum Strand hin erstreckten, betrieben nebenher einträglichen Fischfang, so auch Friedrich, so auch Leo Feddersen. Gleichzeitig, will ich mal sagen, entfernten sich ihre Boote vom Strand, strebten den Reusen zu, fuhren dabei über eine stumpfe, glanzlose Ostsee, unter dunklem, niedrigem, jedenfalls reglosem Abendhimmel – dem Himmel, unter welchem die Blankaale zu wandern beginnen. Es war schwül, etwas drückte auf die Schläfen, da konnte man nicht sorglos sein. Die Männer, die einander längst bemerkt hatten, verhielten sich, als seien sie allein auf der Ostsee, fuhren mit kurzen Ruderschlägen zu den Pfahlreihen, in denen die Reusen hingen. Sie banden ihre Boote fest, nahmen die Reusen auf und lösten die Schnüre, und während sie ihre Aale sorgsam ins Boot ließen, machte der Abend wahr, was er Eingeweihten schon angedeutet hatte: er entlud sich.

Schnell formierte er ein Gewitter über der Ostsee, am Himmel wurde etwas umgestellt, heftige Windstöße krausten und riffelten das Wasser, Wellen sprangen auf, und ehe die beiden Männer es gewahr wurden, hatte ein heftiger Regen sie überfallen, und Dunkelheit hatte den Strand entrückt. Strömung und Wellen verbanden sich, verlangten den rudernden Männern alles ab an Kraft und Geschicklichkeit, und sie ruderten, ruderten noch länger, wurden abgetrieben, ruderten immer noch – wir brauchen da nicht kleinlich zu sein. Wir haben es in der Hand, die tief verfeindeten Herren ausdauernd arbeiten zu lassen, können ihnen den Widerstand des Windes entgegensetzen, können die Elemente nach Herzenslust toben lassen, uns sind da keine Grenzen gesetzt.

Nur in einem bestimmten Augenblick müssen wir uns an die Geschichte gebunden fühlen, und das heißt: die Boote der tief Verfeindeten müssen von Strömung, Wind und planvollen Wellen zueinandergeführt werden, sie haben aus dem Aufruhr aufzutauchen und sich in kürzestem Abstand zueinander zu befinden. Denn so verhielt es sich doch: ohne daß es in der Absicht der Männer gelegen hätte, wurden ihre Boote zusammengeführt, gerieten zur gleichen Zeit auf den Kamm einer Welle, wurden, meinetwegen krachend, gegeneinandergeworfen, überstanden den Anprall nicht, sondern schlugen um.

Beide Männer waren Nichtschwimmer, beide taten, was Nichtschwimmer in solchen Augenblicken tun: sie klammerten sich aneinander, umarmten sich inständig, wollten den andern um keinen Preis freigeben. Sie tauchten gemeinsam unter, schluckten gemeinsam Wasser, stießen sich gemeinsam vom Grund ab und wurden in ihrer verzweifelten Umklammerung von einer langen Welle erfaßt und einige Meter strandwärts geworfen. Wer will, könnte noch erzählen, wie sie prusteten und tobten, sich wälzten und nicht voneinander lassen mochten, während Welle auf Welle sie erfaßte und dem Strand näher brachte. Wir wollen uns damit begnügen, festzustellen, daß sie auf einmal Grund gewannen, sich in ihrer Gemeinsamkeit dem Sog widersetzten, zum Strand hinwateten und den Strand auch erreichten, glücklich und immer noch aneinandergeklammert. Die Erschöpfung veranlaßte sie, sich niederzusetzen, Arm in Arm, und nach der Überlieferung soll Friedrich nach zweihundertjährigem Schweigen folgendermaßen das Wort genommen haben: »Schade um die Aale.« Darauf soll Leo gesagt haben: »Ja, schade um die Aale.« Dann langte jeder von ihnen in die Joppentasche, holte ein breites, flaches Fläschchen mit Rum hervor, und es fielen wiederum einige Worte, nämlich »Prost, Friedrich« und »Prost, Leo«.

So, und jetzt müssen wir etwas Zeit verstreichen, die Fläschchen leer werden lassen, wobei allerdings erwähnenswert ist, daß die Männer die Flaschen tauschten. Sie wärmten sich durch, schlugen sich auf die Schultern, beobachteten schweigend die Ostsee, die sich Mühe gab, erregt zu erscheinen; dann lachten sie, warfen die leeren Flaschen ins Wasser und gingen untergehakt über die Steilküste, durch den Mischwald nach Bollerup zurück. Daß sie ein Lied anstimmten, ist nicht erwiesen, aber erwiesen ist, daß sie Arm in Arm bis zum Dorfplatz gingen, sich plötzlich voneinander lösten und sich überrascht mit Blicken maßen, wobei ihre Kiefer hart, ihre Münder lippenlos geworden sein sollen. Und auf einmal zischte Leo Feddersen: »Kröte«, und Friedrich zischte zurück: »Gefleckter Iltis, du« – wonach beide es für angebracht hielten, sich nach Ost und West zu entfernen.

Seitdem besteht zwischen beiden Familien wieder das schöne, tragische Schweigen, sind sie sich in zweihundertjährigem Haß verbunden; und so sind es die Leute von Bollerup, die selten nach Ursachen fragen, auch gewohnt.

EIN TEURER SPASS

Alles, Nachbarn, war an Frietjoff Feddersen normal: seine Schuhgröße, sein Einkommen, auch sein Geiz, den man hier Sparsamkeit nennt. Wenn man mich damals beauftragt hätte, den Einwohner von Bollerup beim Namen zu nennen, der den vorbildlichen Durchschnitt dieses Dorfes darstellte, mir wäre gar nichts anderes übriggeblieben, als nach allen fälligen Ermittlungen Frietjoff Feddersen anzugeben: er setzte ein Maß für die Häufigkeit von Krankheiten, er bezeichnete den Rhythmus, in dem man sich einen neuen Wintermantel zulegte. Doch setzte er schon in vielem Maß und Beispiel, so darf man sich nicht vorstellen, daß er dies immer und überall getan hätte. Es gab im Leben dieses grauen, normalen Menschen Augenblicke, in denen er ganz Bollerup fassungslos machte durch nie gehörte Einfälle. Obwohl nur als Besucher in Bollerup, erfuhr ich zum Beispiel, daß er es war, dieser Frietjoff Feddersen, der einen Hungerkünstler nur deshalb einige Wochen bei sich wohnen ließ, weil er die von ihm gewonnenen Erfahrungen auf die nimmersatten Haustiere anwenden wollte.

Gut, bis hierhin kann man der Meinung sein, daß auch das Normale von Zeit zu Zeit sonderbare Blüten hervorbringen muß, sozusagen als Tribut, um dann, wie nach den Masern, rein und überraschungslos fortzubestehen. Aber nun muß gesagt werden, daß Frietjoff Feddersen nachweislich immer dann seine ungewöhnlichen Einfälle ausschwitzte, wenn er von seinem selbstgebrauten Mirabellenschnaps

getrunken hatte. Die Früchte zu dem Gesöff stammten von einem alten, verkrüppelten Baum, dessen Rinde verschuppt, dessen Krone hier und da schon unfruchtbar geworden war. Für sich in einer unzugänglichen Ecke des Gartens wachsend, schien dieser Baum – zumindest kam es mir so vor – nur Unheil zu sinnen. Doch obwohl er an Früchten nicht viel hergab und obwohl Rita Feddersen regelmäßig verlangte, den Baum zu schlagen, ließ mein entfernter Vetter Frietjoff den Baum stehen, verteidigte ihn sogar mit dem Hinweis, daß er »auf ihn angewiesen« sei. Nach einem morgendlichen Streit, der wieder einmal dem Baum gegolten hatte, versteifte sich dieser Feddersen sogar zu der Erklärung: »Nichts, aber auch gar nichts wird mich dazu bringen, diesen Baum jemals zu schlagen.« Und als seine Frau wissen wollte, aus welchem Grund er den Baum so unbedingt schonen wollte, sagte er gereizt, daß der »Geist des Baumes« ihn jederzeit gut beraten habe.

So, und nun muß ich einige Tage umblättern, die durch und durch normalen Tage von Dienstag bis Sonnabend; doch am Abend dieses Samstags müssen wir uns dem Frietjoff Feddersen an die Fersen heften, ihn in den Mühlenkrug begleiten, mit ihm zusammen in ein verräuchertes Hinterzimmer treten, in dem er bereits erwartet wird.

Wer ihn dort erwartete? Ermüdete Männer wie er, die – bei Lütt un Lütt – nichts weiter vorhatten, als sich mit Hilfe eines Viertelpfennigskats in den Sonntag hineinzuspielen: Jörn Feddersen, der Knurrhahn, und Lars, der Rammler. Wie gewohnt, hatten die schon ihren doppelten Weizenkorn vor sich stehen, Frietjoff indes holte aus seiner Tasche ein flaches Fläschchen Mirabellenschnaps hervor, füllte ein bereitstehendes Glas, und dann beheizten sie sich nach wortloser Aufforderung: das Spiel war eröffnet.

Sie spielten unter einem schräg hängenden Spiegel an einem Tisch aus Kirschholz, der bessere Tage erlebt hatte; das einzige Bild war ein kaiserliches Torpedoboot, das zwar kieloben trieb, aber immer noch Platz bot für einen Überlebenden, der einem Horizont von englischen Kreuzern die eigene Flagge eigensinnig entgegenreckte. Sie spielten verbissen, blickten nicht einmal auf, wenn der Wirt in genau berechneten Abständen erschien, um die Gläser nachzufüllen, und dabei einen Augenblick kiebitzte. Monoton reizten sie ihre Blätter aus, quittierten Gewinn und Verlust eines Spiels mit dem immergleichen ächzenden Schluck aus dem Glas; dennoch hätte ein Eingeweihter nie angenommen, daß hier Überdruß oder gar Lethargie den Abend regierte. Vielmehr konnte jeder, der ein geschärftes Ohr hatte, allen

Aufschluß über Spieler und Spiel aus der unterschiedlichen Gewalt beziehen, mit der man die Karten auf den Tisch krachen ließ.

Der Tisch ertrug es. Er zitterte. Er schwang leise. Mitunter, wenn der Rammler dröhnend ausspielte, was seine Hinterhand aufbewahrt hatte, verzog er sich neigend und quietschend. Ich meine, das war unausbleiblich in den hundertzwanzig Jahren, die der Tisch als »feiner« Eßtisch begonnen hatte, um dann, nachdem er genügend Kratzer abbekommen hatte, Wäschetisch zu werden, eine Zeitlang auch Werkzeugtisch, ehe man ihn als gut genug für das Hinterzimmer entdeckte und, mit Wachstuch überspannt, zum Skattisch beförderte.

Je mehr sie tranken – Frietjoff Feddersen seinen selbstgebrannten Mirabellenschnaps, die anderen ihren Weizenkorn –, desto härter wurde das Ausspiel; Triumph und Enttäuschung offenbarten sich in Schmetterlauten. Es wird erzählt, daß die drei Männer sich derart beheizt hatten, daß keiner von ihnen merkte, wie der Tisch sich gegen Mitternacht zu schräger Ebene hin verzog. Ausgerechnet in diesem Augenblick mischten sich dem Rammler die Karten zu einem Grand mit Vieren, Schneider angesagt, was seine Faust natürlich kundtun wollte: er spielte die erste Karte in einer Weise aus, daß der Tisch einfach nachgeben mußte. Ein Tischbein brach, die anderen Beine retteten sich ins Spagat; der Grand wurde nicht gespielt.

Frietjoff Feddersen genehmigte sich den Rest aus seiner Flasche, untersuchte, in düsterem Selbstgespräch, den lädierten Tisch, streichelte ausgiebig das gebrochene Bein, und auf einmal richtete er sich auf und erklärte seinen erstaunten Mitspielern: »Hier kann nur der Arzt helfen, wir

rufen Doktor Dibbersen.« – »Das wird«, sagte Jörn, »wenig helfen; wer richtige Beine heilen kann, muß deswegen nicht auch Tischbeine heilen können.« – »Bein ist Bein«, lallte Lars, »und wozu hat Doktor Dibbersen überhaupt studiert?« – »Vor allem«, sagte Frietjoff, »möchte ich sein Gesicht sehen, wenn wir ihm den Patienten vorführen.«

Sie lachten auf Vorschuß, und dann ging Frietjoff Feddersen zum Telephon, um den komplizierten Beinbruch an Doktor Dibbersen durchzugeben. Der war natürlich gerade eingeschlafen, redlich erschöpft von zweiundzwanzig Hausbesuchen, bei denen ihm Gastfreundschaft nicht erspart geblieben war, doch die leise, eindringliche Stimme am andern Ende der Leitung ließ ihm keine Wahl: dann man nix wie helfen.

Selbst wenn sie es gewollt hätten, es wäre ihnen nicht

möglich gewesen, auf dem Fußboden weiterzuspielen, so fröhlich-gespannt erwarteten sie den Arzt, setzten Gesichter auf, von denen sie glaubten, daß der Arzt sie zeigen werde, spielten sich Formen der Überraschung vor, der Verbiesterung, und konnten nicht aufhören, Frietjoff Feddersen für seinen Einfall zu loben. Soviel ich weiß, schwankten sie zu dritt auf den Hof, um den Arzt nach Mitternacht zu empfangen und ihn gemeinsam zum Patienten zu führen – gut ausgerüstet mit Bekümmerung.

Doktor Dibbersen, ein ewig leidend wirkender Mann, der weder auf Erklärungen hörte noch mündlich welche gab, ließ sich also ins Hinterzimmer führen, suchte nach dem Patienten, lauschte kurz und ließ sich aus dem Mantel helfen, als Frietjoff Feddersen ihm mit gutgespieltem Schmerz das gebrochene Tischbein entgegenhielt. Ein schneller, unergründlicher Blick auf die Mitspieler: das war alles, was der Arzt an Reaktion zeigte; dann erbat er sich eine Waschschüssel, ein Handtuch, öffnete seinen Koffer, und sachgemäß – mir wurde erzählt: mit unerbittlicher Sachlichkeit – begann er, das gebrochene Tischbein zusammenzusetzen. Heilsalbe wurde aufgetragen. Das Tischbein wurde regelrecht geschient und verbunden und zur Verblüffung der Spieler so sorgfältig eingesetzt, daß der Tisch weniger wackelte als zu Beginn des Abends. Die Spieler, aus gutem Grund ratlos, überspielten ihre Verlegenheit durch übertriebenen Beifall. Doch Doktor Dibbersen winkte bescheiden ab. Er erprobte sorgsam die Standfestigkeit des Tisches, nickte zufrieden, zog sein Honorarheft heraus und die ärztliche Gebührenordnung, und so, daß die Spieler es verfolgen konnten, ermittelte er sein Honorar für ärztlichen Beistand, schweigend, wie man ihn kannte. Die Summe von hundertundzwölf Mark, tadellos spezifiziert, stellte er Frietjoff Feddersen ohne Groll in Rechnung, danach verabschiedete er sich mit besten Genesungswünschen.

Wundert es jemanden, daß mein entfernter Vetter Frietjoff Feddersen am nächsten Morgen die Axt schärfte und, bevor seine Frau aufgestanden war, den schuppigen Mirabellenbaum nicht nur umhieb, sondern in ofengerechte Stücke zerlegte?

URSACHEN EINES STREITFALLS

In Bollerup, Nachbarn, hat es immer interessante Ursachen für einen Streit gegeben. Selten jedoch hat ein Zwist Gründe gehabt wie im Fall des Lauritz Feddersen und seines Knechts Ingo, genannt die Ebbe, der deswegen so hieß, weil durch merkwürdige Anziehungskraft aus seinem Kopf alle Gedanken abgelaufen waren wie das Wasser bei Ebbe. Dieser Ingo, ein ehemaliges Findelkind mit sehr starkem Haarwuchs, war bekannt wegen seiner wortarmen Gutmütigkeit und seines ziellosen Lächelns. Er trug sommers und winters Gummistiefel, keine Strümpfe, und wer wissen will, worin sich Ingo hervorgetan hat in all den Jahren seines Lebens, dem möchte ich antworten: im zuverlässigen Umgang mit den Haustieren hat er sich hervorgetan.

Das muß erwähnt werden, denn zur Beurteilung der Geschichte ist es notwendig, zu wissen, daß Lauritz Feddersen nie einen Grund gehabt hat, seinem Knecht Ingo Vorschriften zu machen in puncto Umgang mit Haustieren.

Aber was lange währt, muß ja nicht unbedingt ewig währen, wie der Schmied von Bollerup einmal festgestellt hat, und so geschah es, daß an einem Nachmittag im April die Zeit des Einverständnisses zwischen Lauritz und Ingo aufhörte. Ich möchte meinen, das lag auch am April, der die Ostsee beunruhigte, der im Mischwald pfiff, die Felder tränkte – an dem April, der sich sozusagen in jeder neuen Minute widersprach.

An solch einem April-Nachmittag trat also Lauritz Feddersen auf den Hof, stand einen Augenblick unschlüssig da und überlegte wahrscheinlich gerade, warum er auf den zugigen, großen, gepflasterten Hof getreten war, da sah er seinen Knecht Ingo, der, wortarm und verständig, zwei Sterken am Strick aus dem Stall führte. Die Tiere widersetzten sich nicht, warfen nur ruckhaft die Köpfe, was ihrer Eigenart entspricht, beschleimten dem Ingo mit langer Zunge den Ärmel – mehr, dürfen wir annehmen, geschah nicht.

Lauritz Feddersen, er besah sich seinen Knecht anders als sonst, starrte ihn eindringlich an, dabei auch mißmutig, ging plötzlich auf ihn zu und fragte: »Warum, Ingo, führst du die Tiere links?« Der Knecht, ganz und gar unvorbereitet auf solch eine Frage, erschrak und begann nachzusinnen. »Warum«, fragte der Bauer, »warum? Wenn die Tiere zur Weide gebracht werden, müssen sie rechts von dir gehen.« Ingo sah verlegen die beiden Sterken an, sah sie womöglich auch hilfesuchend an, gerade so, als könnten sie in der Lage sein, für ihn das Wort zu nehmen; schließlich sagte er: »Ich führ sie links zur Weide, ja. Links, ja. Ja, ja. Links.« – »Aber du mußt sie«, sagte Lauritz Feddersen, »rechts führen. Bei uns wurden sie immer rechts zur Weide geführt. Mein Großvater, der hat sie rechts zur Weide geführt, mein Vater – rechts; und ich, ich hab sie immer nur rechts geführt. Die Tiere wissen es.« – »Ach«, sagte Ingo – wenn er traurig war, sagte er oft »ach« –, »ach, Lauritz Feddersen, den Tieren, möcht ich meinen, ist es egal, wie sie zur Weide geführt werden: ob links oder rechts. Wichtig ist nur, daß wir sie rausbringen, jetzt im April.«

Der Bauer ließ, will ich mal sagen, eine tiefe Falte auf seiner Stirn erscheinen und entgegnete: »Nein, Ingo, es ist nicht nur wichtig, daß die Tiere rauskommen auf die Weide;

es ist ebenso wichtig, wie sie rauskommen. Und da meine ich eben: sie müssen rechts geführt werden, wenn sie nicht verwirrt werden sollen – rechts! Also bring sie zurück in den Stall, und dann führst du sie rechts wieder hinaus.«

Der Knecht sann nach und fragte überraschend: »Und wenn ich die Tiere einfach loslasse? Ob sie dann möchten zur Weide finden, weder links geführt noch rechts?« – »Bring sie zurück in den Stall«, wiederholte Lauritz Feddersen, dem der April zusetzte, und er wiederholte es, von mir aus, mit drohendem Unterton. Ingo kraulte mißmutig die beiden Sterken, ließ sich von ihnen die Hände lecken, machte einen letzten Versuch, indem er sagte: »So viele Jahre hab ich die Tiere links auf die Weide geführt, und keines ist eingegangen an Verwirrung.« – »Ab heute«, schrie jetzt Lauritz, »werden sie eben rechts geführt«, machte eine unduldsame Geste, lehnte sich gegen den Wind und stapfte davon.

Wir brauchen ihn nicht allzuweit stapfen zu lassen, vielleicht nur bis zum Hühnerhaus oder bis zu dem Haufen aus altem Feldgerät, das genügt. So, bis hierher, und auf einmal drehte Lauritz Feddersen sich um und stand starr da wie eine alte Deichsel: denn aus dem Stall stiegen Rauchwolken, die der Wind flach wegriß. Flammen schlugen aus den Luken, wollten zueinander, sich über dem Dach vereinigen: die Feuersbrunst, die Lauritz Feddersen entdeckte, überzeugte ihn von ihrer Kraft. Es war, um es mal so auszudrücken, eine ganz und gar prächtige Feuersbrunst, was man nicht zuletzt daraus ersehen kann, daß der Stall bis auf die Grundmauern niederbrannte.

Und nachdem alles ordentlich verkohlt war, am nächsten oder übernächsten Morgen, rief Lauritz Feddersen den Ingo zu sich und fragte: »Warum, Ingo, mußtest du den

Brandteufel spielen im Stroh?« Ingo, der Knecht, der sich bei der späteren Löscharbeit sehr hervorgetan hatte, antwortete darauf: »Ich wollte sehen, ob die Tiere möchten allein zur Weide finden, weder links geführt noch rechts.« – »Und?« fragte der Bauer düster. »Wenn es brennt«, sagte Ingo, »braucht man sie nur von hinten zu treiben. Dann ist es ihnen egal, ob sie links geführt werden oder rechts.« – »Na«, sagte der Bauer, »dann überzeug nun auch mal die Polizei in Bollerup, den Kai und den Broder Feddersen.«

HAUSSCHLACHTUNG

In Bollerup, Nachbarn, verstand sich einst jeder zweite auf die Kunst der Hausschlachtung: wo der Hammer den Ochsen treffen mußte, wie das Tier gemächlich auszubluten war, was das Messer im Fleisch, die Säge am Knochen zu leisten hatte, das gehörte, will ich mal sagen, zu den niederen Kenntnissen, damit wuchs man heran. Jeder zweite Konfirmand kannte den Einfluß der Galle auf die Qualität des Fleisches; ihm war, was nachgewiesen ist, die Reinigung des Magens ebenso vertraut wie der Sitz der Blase und die Gewinnung von Knochenmark. Man konnte eher glauben, daß jeder zweite der zahlreichen Feddersens in Bollerup nicht rechnen, nicht warten oder schweigen konnte – aber glauben, daß sie nichts von Hausschlachtung verstanden, das konnte man nicht.

Doch das war, wie gesagt, einst und ehedem, war zu einer Zeit, als ein gewisser Michael, später nannte er sich Mike Feddersen, nach Amerika auswanderte, nach Chicago, und es dort so weit brachte, daß um die Jahrhundertwende ein Schlachthof nach ihm benannt wurde. Heute sind all die selbstverständlichen Kenntnisse verschüttet, Ausblutenlassen und Zerlegen gehören nicht mehr zu den elementaren Fähigkeiten, all das schöne Wissen vom Sitz der Blase und von der Verwendung des Darms ist verlorengegangen. Der letzte, der über dies Wissen verfügt hatte, war Kai Peter Feddersen, genannt Schinken-Peter, der sich eine Fleischvergiftung zuzog und nach verblüffend kurzem Krankenlager starb.

Wer heute in Bollerup schlachten will, muß, wohl oder übel, den Schlachter aus der Stadt kommen lassen. Doch da dieser, zum Befremden der Einwohner, nur gegen bar arbeiten will, hat man nach und nach die Hausschlachtung aufgegeben.

Einer allerdings, der Schmied Uwe Johannes Feddersen, genannt die Kneifzange, wollte sich mit der allgemeinen Lage nicht abfinden, wollte seine Hausschlachtung haben; doch da er einerseits nicht die notwendigen Kenntnisse hatte, andererseits nicht einsehen konnte, warum er einen städtischen Schlachter bezahlen sollte, war er gezwungen, nachzudenken. Sann einige Monate über die Möglichkeiten der Hausschlachtung nach, grübelte in der Werkstatt, am Strand, im Torfmoor, sprach täglich mit seiner Frau, einer geborenen Feddersen, darüber, wie man die große Mastsau, die zu fett war, als daß sie einen guten Preis erzielt hätte, ohne Unkosten selbst schlachten könnte.

Es konnte nicht ausbleiben, daß die Kneifzange, die in Bollerup als Sonderling galt, eines Tages einen Gedanken faßte; und wie die Großnichte meines Schwagers mir bestätigte, unterbrach er plötzlich, an einem Vormittag, seine Arbeit, stürzte zu seiner Frau und erklärte: »Wir werden zum Wochenende schlachten.« Seine Frau sagte darauf: »Von mir aus«, denn das sagte sie zuerst immer – und später noch oft: »Von mir aus.« Uwe Johannes Feddersen stand lächelnd da, hämmerte, sozusagen, im Geiste seinen Gedanken grade, und nachdem ihm dies gelungen war, ließ er sich so vernehmen: »Jetzt ist die Zeit des Torfstechens. Jetzt sind die Zuchthäusler wieder im Moor und stechen Torf unter Aufsicht. Wetten möcht ich, daß da so mancher Mörder dabei ist.«

»Von mir aus«, sagte seine Frau, worauf der Schmied, na, sagen wir, mit angemessener Erregung fortfuhr: »Wir werden uns einen Zuchthäusler beschaffen; der ist Fachmann, und mehr als zu essen brauchen wir ihm nicht zu geben.« – »Hinter den Mördern«, sagte seine Frau, »die jetzt im Moor Torf stechen, stehen allerhand Wärter, und die haben ein Gewehr! Sie werden gut beaufsichtigt.« Auf diesen Einwand war der Schmied gefaßt und begegnete ihm mit der Bemerkung: »Dann muß einer fliehen. Zu uns. Nach Bollerup. Wenn wir ihn haben, wird die Hausschlachtung stattfinden. Ich denke«, so fuhr die Kneifzange fort, »du könntest ins Moor gehen und einen zur Flucht anstacheln.« – »Von mir aus«, sagte die Frau des Schmieds.

Danach band sie sich ein Kopftuch um, nahm einen Korb, ein Messer, ging zu den federnden Wiesen und machte auf keinen einen anderen Eindruck als den einer emsigen Pilzsucherin. Nicht einmal die Sumpfvögel flogen erschreckt auf, als sie dort erschien.

Ute-Marie näherte sich harmlos, sich hier und da bückend, dem Torfmoor, näherte sich den Wächtern und sprach mit ihnen, meinetwegen über genießbare und giftige Pilze, was ja nahelag. Unterhielt sich durchaus weitläufig mit ihnen und beobachtete dabei die tätigen Herren in gestreifter Kleidung; da flogen saftige Torfbatzen durch die Luft, da knarrten Schubkarren über federnde Planken, da entstanden Tümpel und torfbraune Türme, die von dreckigen Händen aus gestochenen Stücken errichtet wurden. Ein schwerer, kahlköpfiger Mann, der mit Umsicht das Stecheisen gebrauchte, erregte beinahe zwangsläufig die Aufmerksamkeit von Ute-Marie. Jeder Stich, jeder Stoß verriet genaue Kraft und ein kalkulierendes Auge, so daß die Frau

des Schmieds gedacht haben mag: »Von mir aus – diesen oder keinen.« Sie wollte sich ihm bemerkbar machen, doch die Wärter pfiffen Feierabend, und so mußte Ute-Marie die Pilzsuche wiederholen.

Gut. Und weil mich allmählich selbst die Ungeduld überkommt, möchte ich erwähnen, daß sie insgesamt sechsmal auf Pilzsuche gehen mußte, bis sie sich dem Mann mit dem Stecheisen verständlich machen konnte. Der hielt nichts von Flucht, wollte bleiben und für seine Tage Torf stechen, und Ute-Marie mußte sich schon als frühe Witwe ausgeben, mußte, weiß Gott, von Schinken, klarem Schnaps und sorglosen Nächten sprechen, um ihn so weit zu bekommen, daß er sein Stecheisen aus der Hand geben wollte. Er versprach ihr jedenfalls, bei ausreichendem Nebel zu fliehen.

Darauf band die Frau das leuchtende Kopftuch ab, ging nach Hause und begann, zusammen mit dem Schmied, Vorkehrungen zu treffen für die Hausschlachtung: stellte

Baljen, Schüsseln und Eimer zurecht, legte Messer und Säge bereit, dachte an den Hammer, füllte den größten Kessel mit Wasser. Vorsorglich holte sie auch einen abgelegten Anzug des Schmieds vom Boden.

Und wie mein Schwager wissen will, vergingen danach nur zwei Tage, bis der Nebel kam und die Fortsetzung der Geschichte erlaubte: man kann sich vorstellen, wie sich zunächst ein Schatten aus den weinroten Baracken löste, in wehendem Nebel verschwand, auf den Warnruf des Wärters nicht antwortete, sondern ihm einfach als Erlkönig erschien und durch die wehenden Streifen von Mullverband zum Moor huschte und über die Wiese. Der Schmied und seine Frau lagen angezogen auf dem Bett, als scheu gegen das Fenster geklopft wurde, worauf der Schmied sich lautlos entfernte, denn er war ganz und gar damit einverstanden, daß Ute-Marie den Eindruck einer frühen Witwe hervorrufen sollte. Das Klopfen wiederholte sich, und jetzt ließ die Frau, sagen wir, bang und verstört, den schweren, kahlköpfigen Flüchtling ein, der wortlos das Fenster schloß, ebenso wortlos die Tür – womit beide, zumindest bis zum Morgen, für die Erzählung abhanden kommen.

Am nächsten Morgen jedoch kommen sie heraus, werden von Uwe Johannes begrüßt, der sich als Bruder seiner Frau ausgibt, und nach einem durchaus ländlichen Frühstück geht man wie absichtslos in den Stall, in dem die Mastsau ihre schuppenbedeckte Speckmasse am Holz reibt.

Während der Flüchtige einen ergebnislosen Versuch machte, die Sau zu kraulen, soll der Schmied, dem Vernehmen nach, die Tür abgeschlossen und sich mit einem Bügelstemmeisen bewaffnet haben, das bis zuletzt mit der Spitze in dem Feuer gelegen hatte, über welchem der Wasserkessel baumelte. Ruhig deutete dann der Schmied mit dem Stemmeisen auf eine Bank, auf der das Schlachtwerkzeug lag, und nicht weniger ruhig sagte er zu dem Flüchtigen: »Du hast gegessen und geschlafen. Jetzt fang an.«

Der kahlköpfige Mann blickte verständnislos, blickte vielleicht auch schon besorgt, da fuhr der Schmied fort: »Du wirst sie schlachten, aber gut, will ich dir raten. Jetzt beginnt die Hausschlachtung.«

Der Geflohene wich vor dem erhitzten Stemmeisen zurück bis zur gekalkten Mauer und sagte: »Ich? Ich soll schlachten? Ich soll das Schwein schlachten?« – »Du«, sagte der Schmied, »und kein anderer. Du verstehst etwas davon. Warum, glaubst du, haben wir dich sonst geholt? Also fang an.« Da war kein Fenster, aus dem er sich hätte hinausschwingen können, und mit einer Stimme, in der ängstlicher Protest lag, fragte der Geflohene: »Wieso ich? Ich hab noch nie einem was zuleide getan. Und einem Tier schon gar nicht.« – »Vorwärts«, sagte der Schmied, »du brauchst hier nur zu tun, was du mit so vielen anderen getan hast. Außerdem ist das hier erlaubt.« – »Auch wenn es Sie überraschen wird«, sagte der Flüchtige, »doch ich kann kein Blut sehen.« Der Schmied ging langsam auf ihn zu, die erhitzte Spitze des Stemmeisens in Brusthöhe. »Keine Ausreden«, sagte er schroff, »wir wissen, warum man dich ins Torfmoor gebracht hat.« – »Bitte«, rief der Geflohene, »bitte, ich bin nicht, was Sie denken, und ich kann nicht, was Sie von mir verlangen.«

»Anfangen«, befahl der Schmied, »los, anfangen!« Er fuchtelte nah, keinen Widerspruch zulassend, mit dem erhitzten Metall vor dem Gesicht des Geflohenen, dirigierte ihn seitwärts, zwang ihn, über das zerschabte Gestänge des

Verschlages zu steigen, auf den die Mastsau sozusagen Anspruch erheben durfte. Doch das Tier griff ihn nicht an, trottete vielmehr in eine Ecke, blickte ihn aus rötlichen, kann sein grinsenden, beinahe zugewachsenen Augen an und wartete.

»Den Hammer«, befahl der Schmied. Der Flüchtige schien den Befehl nicht gehört zu haben, hoch richtete er sich auf, griff an seine Kehle, atmete schnell und mühsam, wobei sein Gesicht krankhafte Blässe zeigte und sich, was angemessen klingt, mit feinem Schweiß überzog. Das Tier senkte den Kopf, bohrte den nassen Rüssel in den Dung, zog spielerisch eine ungenaue Furche. Uwe Johannes setzte sich auf das Gestänge, wiederholte den Befehl und mußte erleben, wie die Mastsau sich an den Geflohenen heranarbeitete, seine Schuhe probierte und sich an seinen Knien rieb.

»Anfangen«, schrie der Schmied. »Ich kann nicht«, sagte leise der Geflohene, »nie, niemals. Und wenn Sie mich nicht gehen lassen, werde ich Sie anzeigen.«

»Ha«, sagte der Schmied, oder so ähnlich, »was hier passiert, das können wir keinem erzählen, das muß unter uns bleiben. Also vorwärts.« Er rutschte vom Gestänge herab, zwang den kahlköpfigen Mann, den Hammer zu ergreifen, ihn zu erheben und, wenigstens in vorauseilender Phantasie, beherzt zuzuschlagen – doch es kam nicht soweit.

Der Geflohene, er keuchte nur noch, verlor jegliche Farbe, wiederholte mit schwacher Stimme, daß er unfähig sei, einem Lebewesen Leids zuzufügen, und danach schwankte er bedrohlich, der Hammer sank zu Boden; doch nicht nur der Hammer: Ein sehr knappes Weilchen später sank auch der Geflohene zu Boden, weich, bemerkenswert weich, und die Mastsau trottete heran und stieß ihm mit nassem Rüssel in die Seite.

Woher, frage ich mich, sollten der Schmied und Ute-Marie wissen, daß der Mann ohnmächtig werden konnte nach Belieben, ja, daß er mit Hilfe kurzer, kunstgerechter Ohnmachten seine erstaunlichsten Diebstähle begangen hatte? Sie konnten es nicht wissen, und so trugen sie den ohnmächtigen Sträfling in ihr Schlafzimmer, wie es so viele Leute vor ihnen getan hatten, warfen ihn quer übers Bett und begaben sich in die Küche, um dort sein Erwachen abzuwarten. Warteten und ersannen neue Wege zur Hausschlachtung, erwogen sogar neue Gewaltmaßnahmen, da hörten sie das übliche klirrende Geräusch, mit dem sich Unangenehmes ankündigt. Sie stürzten ins Schlafzimmer. Natürlich war das Schlafzimmer leer; trotz geduldiger Suche ließ sich der Mann nicht entdecken, woraus der Schmied schloß, daß er fort sein mußte, geflohen, geflüchtet.

Wie die Lehrerin von Bollerup feststellte, war er nicht allein geflohen: auch die Kassette mit den Ersparnissen der Feddersens hatte Beine bekommen, war mitgeflohen, unauffindbar; und das durften sie, aus gegebenen Gründen, nicht einmal melden. Nach alldem wird es keinen wundern, daß Ute-Marie dem Gefangenen, der schon am nächsten Tag mit Umsicht das Stecheisen im Torf gebrauchte, keine ermunternden Blicke mehr zuwarf.

FRISCHE FISCHE

Was, Nachbarn, blieb Thorsten Feddersen, dem Fischverkäufer, wohl übrig, nachdem alle anderen Geschäftsleute in Bollerup sich dazu entschlossen hatten, ihr Geschäft auf der Suche nach dem entlegensten Kunden auch motorisiert zu betreiben?

Eben: wie der Bäcker Oskar und der Schlachter Laue Feddersen, so rollte auch er eines Tages in einem roten Lieferauto durch das weitläufige Dorf, langsam, bei offenem Fenster, der weißen Schrift vertrauend, die für frische Fische warb. Mußte man an sich schon die Ausdauer der Bolleruper loben, niemand hier war ausdauernder als dieser finstere Thorsten Feddersen, der einfach nichts verlorengab, bevor es nicht unwiderruflich verloren war: kein vom Sturm weggerissenes Grundnetz, keinen unverkauften Fisch, keinen zögernden Kunden.

Rollte also die schattige Dorfstraße hinab, bot hier Fische an und da – Hornfische mit grünen Gräten, blasse Aalquappen, Heringe mit leicht geröteten Augen – und ärgerte sich nicht, oder doch nicht sichtbar, daß die Bolleruper nach einem Blick auf die hellgrün gekachelte Ladefläche abwinkten: Heute nicht, heute brauchen wir keinen Fisch. Wortlos schlug er die Türen zu, fuhr zum nächsten Gehöft, wo ihn nur der Hofhund erwartete, und dann unentmutigt weiter bis zum Hünengrab, in der Sonne jetzt, durch die flimmernde Luft. Dort hinten, in frei gewählter Abgelegenheit, wohnte Jens Otto Feddersen, der Dorsch. Ihn klopfte

der Fischverkäufer heraus, ihn beschloß er zu seinem ersten Kunden zu machen, koste es, was es wolle.

Beim Anblick der Fische, die auch unter der Sonne nicht aufglänzten, schüttelte der Dorsch, wie Thorsten Feddersen es vorausgesehen hatte, den Kopf: da sei noch ein Schweinenacken, meinte er, der müsse zuerst weg, danach könnte man vielleicht über Fische reden. Falls man ihm nicht glaube: er sei bereit, den Schweinenacken vorzuzeigen. Thorsten Feddersen ließ sich den Schweinenacken zeigen und fuhr, nach nur angedeutetem Gruß, davon. Es klang nicht hoffnungslos, als er zu Hause, beim Transport der Fische in den Keller, zu seiner Frau sagte: aufbrechen muß man sich die Kundschaft, regelrecht erobern, und am besten, man fängt bei einem an, der sorgt dann für Verbreitung.

Was Wunder, daß zwei Tage später wieder das rote Wägelchen auf den ungepflasterten Hof von Jens Otto Feddersen bog, zuerst eine Weile wirkungsvoll herumstand und die gut lesbare weiße Schrift für sich sprechen ließ, die nicht nur für seine frischen, sondern auch für einheimische Seefische warb. Wie ich Thorsten Feddersen kenne, so wußte er im voraus, daß er auch diesmal keinen Fisch an den Mann bringen würde. Er stand abwartend neben dem Lieferwagen und gab dem Dorsch nur durch eigentümliche Haltung seine schauderhafte Ausdauer zu verstehen. Die Sülze allerdings, die den Dorsch diesmal davon abhielt, Fische zu kaufen – die Sülze ließ er sich nicht nur zeigen, er probierte auch ein Stück. Und während er probierte, musterte er verstohlen die Vorräte der Speisekammer, überschlug da, wie viele Mahlzeiten noch bereitlagen, und legte schon jetzt den Tag seiner Wiederkehr fest.

»Jetzt«, sagte der Fischhändler zu seiner Frau, »jetzt ist der erste Kauf fällig«, und in der Sicherheit seines Gefühls ging er gleich daran, einige Fische einzuwiegen, ein Paket rotäugiger Heringe, ein anderes mit Hornfischen, denn nach allem Werben hielt der Fischmann es für angemessen, daß Jens Otto Feddersen nicht nur Koch-, sondern auch Bratfische kaufen müsse, in Sauer zu legen mit Lorbeerblättern.

Und wer Bollerup kennt, wird nicht erstaunt sein, daß der Dorsch diesmal sogleich aus dem Haus trat, nachdem das Lieferauto auf den Hof gefahren war, und ohne weitere Nachfrage – geradeso, als ob er sie bestellt hätte – die beiden Pakete in Empfang nahm. Von Nötigung jedenfalls hätte hier niemand gesprochen.

An diesem Tag fuhr Thorsten Feddersen schneller nach

Hause. »Der Anfang«, sagte er zu seiner Frau, »ist gemacht, jetzt läuft alles von allein, wirst schon sehen.«

Zur nächsten Verkaufsreise lud er gleich die doppelte Menge Fisch in sein Auto. Er entschloß sich, zunächst die entlegene Kundschaft aufzusuchen, und fing deshalb bei Jens Otto Feddersen an. Der erwartete ihn zögernd, fast übelnehmerisch. Der wollte keinen Blick auf die Fischkästen werfen. Je länger er schwieg, desto deutlicher wurde es, daß er sich einem bestimmten Groll überließ. Das machte den Fischhändler so ratlos, daß er schließlich fragte: »Waren sie etwa nicht preisgünstig, die Fische?« – »Das schon«, sagte der Dorsch, »aber sie waren alt, rochen und schmeckten nach nichts.«

Ich kann mir vorstellen, wie der Fischmann da auffuhr, abwehrend mit der Hand vor sich hin sichelte und, nachdem er sich bedacht hatte, erklärte: »Ist das vielleicht meine Schuld! Dreimal hab ich bei dir vorgefragt; wenn du vor acht Tagen gekauft hättest – da waren die Fische ganz frisch! Wie kannst du mich beschuldigen, nur weil du dich nicht entschließen konntest?« Wenn nicht betreten, so wandte sich der Dorsch zerknirscht ab, ging mit sich zu Rate, ließ eine Weile die Beweisführung des Fischhändlers – die besondere Bolleruper Logik – auf sich wirken, mit dem Erfolg, daß er gleich frische Heringe und Aalquappen kaufte. Und anhaltend verblüfft von der Logik, sorgte er dafür, daß seine Erfahrungen beim Fischeinkauf sich herumsprachen, was schließlich dazu führte, daß man Thorsten Feddersen schon entgegenlief, wenn er mit seinem Wägelchen auf einen Hof rollte: alles im Wunsch nach garantiert frischen Fischen.

DER DENKZETTEL

In Bollerup, Nachbarn, ließ sich der Winter deshalb so gut aushalten, weil jeder auf ihn vorbereitet war. Kaum waren die Felder leer, kaum waren die Mieten aufgeschichtet, die Ställe überholt, die Boote im Schuppen und die Knicks ausgedünnt, da sorgten sie auch schon vor, um den Winter mehr als erträglich zu machen – einen ziemlich einfallslosen Winter übrigens, der sich immer den gleichen Nordost vorspannte, um Grauschleier über die Ostsee zu ziehen, großflockiges Stiemwetter zu inszenieren oder, aber das erst im Januar, löcherige Eisschollen den verkrusteten Strand hinaufzudrücken.

Um sich also auf diesen Winter einzurichten, zogen manche Leute von Bollerup gleich nach den letzten herbstlichen Feldarbeiten in die benachbarten Misch- und Kiefernwälder und ließen da ihre Bandsägen singen. Mit extra schweren Äxten hieben sie Bäume von der Steilküste los, schräg in der Luft hängende Buchen meistens, die der letzte Sturm fast, aber eben nur fast aus lehmigem Boden gerissen hatte. Zugesägt wurde da, aufgeklaftert, mit Hilfe von klingenden Eisenkeilen gespalten, und dann transportierten sie das geschlagene Holz aus allen Richtungen nach Hause und schichteten es auf, in lustvoll hochgezogenen Stapeln, vor allen Ställen, vor den Küchen, so hoch, daß manch einem die Fenster zuwuchsen.

Keiner in Bollerup sägte verbissener, keiner spaltete und schichtete das Holz genüßlicher als Franz Jesper Feddersen, mein Großonkel, den sie hier, solange ich weiß, nur den Pedder nannten, weil er unweigerlich in alles reintrat, dem jeder gefühlvolle Mensch nach Möglichkeit ausweicht. Natürlich genügte es dem Pedder nicht, Freude aus vorsorgender Arbeit zu beziehen; als ob er zwei, wenn nicht gar drei Winter hintereinander erwartete, schichtete er seine harzigen Klafter bis zum Dach auf. Allerdings muß ich zugeben, daß er diese besessene Vorsorge nicht nur seinetwegen traf; sie galt ebenso meiner Großtante Helene Feddersen, einer rechteckigen, übertrieben fröstelnden Person, die auch an Sommerabenden ihren Wintermantel trug. Jedenfalls sagten beide wörtlich von sich, daß sie »mit der Kälte auf Kriegsfuß« stünden – etwas Ähnliches hat man bestimmt schon gehört. Es paßte ganz gut zu diesem Franz Jesper Feddersen, daß er sich, als der Wind nach Nordost umsprang, gegen den beruhigenden Holzvorrat lehnte und, auch wenn dabei die Augen tränten, ausdauernd in den Wind starrte, als erwarte er den Winter persönlich.

Der kam, wie so oft, über Nacht, setzte ganz Bollerup Schneemützen auf, füllte Mulden und machte die Felder scheckig, und dem Schilf am Strand verlieh er eine Starre, daß es bei jedem Luftzug knackte und raschelte. Darauf hatte der Pedder nur gewartet: eifrig und, ich muß es sagen, auch geringschätzig trug er einige Arme voll Holz ins Haus und fütterte den Ofen so ausgiebig, daß sogar die beiden Katzen ins Freie drängten und der Postbote vorübergehend die Sprache verlor. Ich kann mir vorstellen, daß dieser Franz Jesper Feddersen sich zufrieden die Hände rieb, wenn draußen der eisige Wind um sein Haus ging, und daß seine eigensinnige Freude nur wuchs, wenn der Frost am Brandteich mit der Peitsche knallte.

So ein Winter von der herrschsüchtigen Art war es, als der Pedder eines Tages feststellte, daß seine Holzvorräte gewissermaßen die Schwindsucht bekamen: hier war etwas geschrumpft, dort eingefallen, von den Seiten hatten sich Klafter davongemacht, unter der mit Steinen beschwerten Teerpappe, die alle Stapel vor Nässe schützte, hatten sie sich herausgezogen und das Weite gesucht – es sah ganz danach aus, als wären sie vor seinem Ofen geflohen, der unablässig für zwar würzige, aber beinahe glühende Luft sorgte. Helene hatte das Holz nicht in seiner Abwesenheit verbraucht, das ergab ein einsilbiges Verhör, und da auch der Postbote es nicht mitgenommen haben konnte – er, der niemals fror, der sich sogar mit der Axt scharfkantige Löcher ins Eis hackte, nur, um nicht auf sein winterliches Bad zu verzichten – und da seine Klafter auch nicht von allein Beine bekommen haben konnten, wurde Franz Jesper Feddersen zunächst nichts anderes als argwöhnisch. Äußerte noch keinen Verdacht, wurde noch nicht unruhig, trug nur, wie gesagt, seinen Argwohn durchs Haus. Der konnte allerdings nicht verhindern, daß in gewissen knirschenden Nächten die Holzstapel abermals schrumpften, besonders die gleichmäßig und ausdauernd brennenden Buchenkloben verschwanden spurlos, worauf der Pedder, nachdem er den Milchnapf der Katzen zum zweiten Mal zertreten hatte, auf stille Art beschloß, sich auf die Lauer zu legen.

Ich wundere mich nicht darüber, daß seine Lauer nichts einbrachte, daß er keine gebückten Schatten entdeckte, die, an der Scheune bedrohlich vergrößert, die Stapel plünderten und sich unter knarrenden Lasten davonmachten – und zwar deshalb nicht, weil er in der pochenden Hitze des Hauses schon nach wenigen Minuten schläfrig wurde und

einschlief. Am nächsten Morgen fehlte etwa die Menge Holz, mit der er, nach seinen Worten, dem Winter drei Tage lang eins auswischen konnte.

Mit reichlicher Verzögerung, wie es seinem Temperament entsprach, suchte er im verharschten Schnee neben den Holzstapeln nach Fußspuren; da waren Katzen vorbeigeschnürt, seine eigenen Pelzstiefel hatten Abdrücke hinterlassen, er entzifferte Helenes Spur und die Spuren von Kaninchen, und dann, als er schon aufgeben wollte, entdeckte er die befremdlichen Fußstapfen eines Wesens, das sich sowohl tretend als auch schleifend vorwärts bewegte. Während der eine Fuß also für ordentliche Abdrücke sorgte, schien der andere nur zischend über den Schnee gefahren zu sein – eine Erscheinung, die Franz Jesper Feddersen so beeindruckte, daß er die Spur verfolgte, durch den Gemüse-

garten, gebeugt am schlappen Grünkohl vorbei, weiter über das verschneite Feld in Richtung Hünengrab, und immer noch gebeugt bis zu einem flachen, gleichwohl spurentilgenden Bach. Weiter ging er nicht, weiter lohnte es sich nicht zu gehen. Er sah auf und erblickte die beiden letzten Gehöfte von Bollerup, aus deren Schornsteinen es, wenn auch nicht friedlich, so doch dekorativ qualmte: in einem lebte Jörn, im andern Jens Otto Feddersen, der Dorsch. Grinsend trottete er dann nach Hause, gerade so, als ob er schon genug wüßte, kam also an und fand eine Großtante Helene, die vor Erregung ihr Gesichtszucken bekommen hatte.

Natürlich hatte sie den rapiden Schwund der Holzvorräte entdeckt, und in ihrer vorauseilenden Sorge sah sie sich nicht nur fröstelnd, sondern bereits steif- und festgefroren. »Als Eiszapf«, sagte sie, »wirst sehen, Jesper, daß ich noch als Eiszapf ende, wenn unsere Vorräte so das Laufen kriegen.« Sie wimmerte. Sie erregte sich. Sie drohte zum Fenster hinaus in Richtung Hünengrab. »Herrgott noch mal«, rief sie, oder so ähnlich, »vielleicht hat uns jemand den Kältetod zugedacht, und du, Jesper, siehst zu!« – »Bisher«, sagte der Pedder, »ist noch kein Grund zur Panik, aber damit das Gesichtszucken nachläßt, könnte ich ja was unternehmen.«

Danach trug er gemächlich eine Anzahl Holzscheite in die Wohnung, höhlte diese Holzscheite nacheinander aus, schnappte sich das Säckchen mit Schwarzpulver und machte aus den Scheiten sozusagen hölzerne Granaten. Die Höhlungen wurden sorgfältig verschlossen, die Scheite wieder hinausgetragen zu den Stapeln und dort so verteilt, daß der Dieb, von welchem Ende er auch Pedders Holz abtrug, zumindest ein mit Pulver gefülltes Scheit nach Hause tragen mußte. Das reichte allerdings nicht aus, um Helenes Furcht vor einem Kältetod zu verringern. »Auf die Lauer legen mußt du dich«, sagte sie. »In die kalte Scheune einsperren mußt du ihn«, sagte sie, »und zwar zumindest für drei Tage.« Franz Jesper Feddersen winkte langsam ab und antwortete mit unheilvollem Lächeln: »Was seinen Lauf nehmen soll, hat schon seinen Lauf genommen, denn letzte Nacht ist wieder Holz verschwunden.«

Während Helene Feddersen jammernd die Hände rang, die verbliebenen Holzscheite abzählte und sogar erwog, sie mit verräterischer Farbe zu streichen, schleppte der Pedder wortlos zwei bequeme Stühle vor das Fenster, das den Blick in Richtung Hünengrab freigab, nötigte die Frau, Platz zu nehmen und die Dächer der beiden letzten Gehöfte, insbesondere das von Dorsch Feddersen, »still im Auge zu behalten«, wie er sagte. Und er sagte auch: »Warum alles aus mißlicher Nähe regeln, wenn es auf Entfernung viel unterhaltsamer geht?« Und dann warteten sie noch ein bißchen länger, noch etwas, meinetwegen können sie Tee mit Kandis trinken oder zwischendurch eine Fliederbeersuppe löffeln, die ja auch gegen Kälte gut ist – jedenfalls müssen sie sich bis zu violetter Winterdämmerung gedulden.

Gerechter Lohn des Wartens: auf einmal spielte Jens Otto Feddersens Ofen in seinem Haus Silvester. Nach einer schön gezackten Stichflamme schossen sprühende Wunderkerzen durch die Fenster, flammende Knallfrösche hüpften zum Bach hinab, eine helle, rotierende Sonne stieg in die Luft, und das schwere, das schneebemützte Dach lüftete sich ein wenig und sackte mit gestöhntem U-Laut wieder zurück – so tief, daß es auf dem Haus lag wie eine Mütze, die man viel zu tief in die Stirn gezogen hat. Eine Feuersbrunst entstand nicht.

Franz Jesper Feddersen forderte seine Großtante Helene Feddersen auf, sich kältegerecht anzupellen, warf selbst die gefütterte Joppe über, und dann stiefelten sie beide in Richtung Hünengrab und weiter zu den letzten Gehöften, wo ein versengelter Dorsch hastig Hausrat und wertvollen Besitz ins Freie trug, unter anderem auch sein aus Eiche angefertigtes Holzbein für sonntags. Bevor ihm Pedder seine Hilfe anbot, erkundigte er sich teilnahmsvoll nach dem Grund des Unglücks. »Ach«, sagte Jens Otto Feddersen, »war man nix als der Ofen, ist einfach vor Altersschwäche explodiert.« – »Soll vorkommen«, sagte der Pedder, »aber ich hab auch schon gehört, daß manche Öfen nur deshalb explodieren, weil ihnen ein gewisses Holz nicht bekommt.« – »Das«, sagte der Dorsch, »kann gut sein, darum werde ich mir nächstens das Holz von weiter weg herholen.«

EIN SEHR EMPFINDLICHER HUND

Der ärgerlichste Verlust, Nachbarn, von dem Bollerup sich im vergangenen Herbst betroffen fand, war der Verlust an Gänsen, Hühnern und Puten, die ihre Federn unten an der Steilküste lassen mußten, vor einem frisch gegrabenen Röhrensystem, in dem, läßt man alle Zeichen sprechen, eine Fuchsfamilie lebte, die sich anscheinend eines orientalischen Reichtums an Verwandten und Nachkommen erfreute. Der Bestand des Geflügels im Dorf nahm so rapide ab, die Federn- und Knochenberge häuften sich so herausfordernd vor der Hauptröhre, daß Ole Feddersen, ein Großonkel meines Schwagers, seine Doppelläufige vom Haken nahm, sich Patronen verschaffte und mich einlud, dem Ende der Fuchsfamilie beizuwohnen.

Ich nahm die Einladung mit gemäßigter Neugierde an, bestellte Ole Feddersens vier Brüder zum Fuchsbau, und bei kühlem Gegenwind und unter kraftloser Sonne gingen wir an den Strand. Obwohl der Wind günstig war, bekamen wir keinen Fuchs zu Gesicht; da schnellte sich kein feuerfarbener Pelz empor, da ragte keine feuchte Spitzschnauze aus einem Rohr, da balgten sich keine Jungtiere um Gänseflügel, wie man es vielleicht erwartet hat. Die Füchse, die sich an das Bolleruper Geflügel zu halten für ihr Naturrecht hielten, schienen, sagen wir mal, nach Asserballe verzogen zu sein.

Ole Feddersen setzte sich auf einen Findling und war keineswegs überrascht. »Manchmal«, sagte er, »wittern sie sogar gegen den Wind. Aber das wird ihnen nicht helfen.«

»Vielleicht«, sagte ich, »kann man Wasser in die Röhren gießen. Nässe mögen sie nicht.«

»Wir werden ihnen etwas anderes in die Röhre schicken«, sagte Ole. »Besuch. Wir werden ihnen Besuch runterschicken.«

»Einen Hund?«

»Einen Hund«, sagte Ole mit beinahe träumerischer Begeisterung. »Es ist ein Hund, wie du ihn nie gesehen hast: sehr kostbar, sehr empfindlich und so klein, daß er sich durch die engste Röhre zwängen kann. Ich habe ihn gemietet, stundenweise. Es ist der Hund von Thimsen aus Steenaspe. Viel möchte ich nicht sagen, aber der Hund ist sein Geld wert.«

Nach einer Weile kamen die Brüder von Ole, wortlose, hagere Männer, von denen zwei bewaffnet waren. Sie setzten sich auf den Findling, schlugen die Augen nieder, wie es ihre Art war, und warteten. Auch ich setzte mich auf den Findling und rechnete aus, daß neben mir noch etwa acht Männer Platz gehabt hätten. Wir unterhielten uns damit, zu beobachten, wie die Ostsee die Kiesel wusch, dem Strand wertlosen Tang schenkte, und von Zeit zu Zeit schaute ich zu dem stillen Bau hinüber.

Gut. Und nun muß ich uns eine ganze Weile auf jenem Findling sitzen lassen, denn Thimsen aus Steenaspe ließ sich Zeit, und wir konnten nichts tun als warten. Aber schließlich kam er auf dem Rand der Steilküste näher: ein flachbrüstiger Mann mit schräg gewachsenem Hals, in hohen Gummistiefeln. Auf dem Rücken trug er einen Rucksack. Er begrüßte uns, wie sich's gehört, und auf die Frage nach dem Hund setzte er achtsam seinen Rucksack ab, band ihn auf, ließ uns einen langen Blick hineinwerfen, und wahrhaftig:

auf dem Grund des mit Pelz ausgeschlagenen Rucksacks saß zitternd der kleine, kostbare Hund, schaute uns aus bekümmerten Augen an. Angesichts des empfindlichen Wesens fand einer der Brüder von Ole Feddersen die Sprache wieder und ließ sich verwundert vernehmen: »Warum«, fragte er, »muß der Hund auf Pelz liegen?«

»Wegen der Wärme«, sagte Thimsen prompt.

»Kann er sich nicht Wärme verschaffen im Lauf?«

»Dieser Hund«, antwortete Thimsen, »ist derart empfindlich, daß er den Rucksack höchstens für sechs Minuten verlassen darf. Dann muß er wieder hinein, wegen der Wärme. Ohne Wärme keine Höchstleistung.«

»Dann«, sagte Ole Feddersen, »wollen wir mal seine Höchstleistung bewundern.«

Wir gingen zu dem Wohnsystem der Fuchsfamilie, verteilten uns. Jeder belagerte eine Röhre. Ich hörte, wie die Herren durchluden. Dann hob Thimsen das kostbare Tier aus dem Rucksack, streichelte es, sprach leise mit ihm, sprach ihm womöglich Mut zu, und dabei zwängte er es behutsam in die Hauptröhre. Der Hund verschwand mit einem bewegenden Laut, tauchte ins Dunkel hinab, ein Störer der füchsischen Stille. Wir standen da, sagen wir mal, starr vor Erwartung, unterdrückten den Atem, alles an uns war verständlicherweise reine Bereitschaft. Thimsen zog seine Taschenuhr und verfolgte die Arbeit des Sekundenzeigers.

Gleich, dachte ich, wird aus einer Röhre ein brandroter Körper fliegen, wird mit Schrot gespickt werden, wird mitten im Sprung seine Rechnung erhalten für Gänse, Hühner und Puten, und sich dann, vielleicht ein wenig zuckend, niederlegen. Aber nichts geschah. Auch kein Knurren oder Bellen drang aus dem Bau, so intensiv ich auch an der

Hauptröhre lauschte. Nur der Sekundenzeiger bewegte sich, und auf einmal sagte Thimsen: »Drei Minuten. Jetzt ist Anton schon drei Minuten unten.«

Niemand antwortete, niemand schien seine Feststellung gehört zu haben, und man wird sich denken, weshalb. In gewissem Sinne verlangt die Geschichte, daß ich jetzt den Uhrzeiger anhalte, alles planvoll verzögere, vielleicht die wandernden Schatten beschreibe oder die Architektur des Fuchsbaus, jedenfalls von der Aufmerksamkeit ablenke, mit der die Männer Antons unterirdische Bemühungen abwarteten. Ich tue das Gegenteil. Ich überspringe zwei weitere Minuten und lasse Thimsen besorgt sagen: »Noch sechzig Sekunden, dann muß er herauf. Dann muß er sich aufwärmen im Rucksack.«

Tief beugte ich mein Gesicht über die Hauptröhre,

lauschte, doch es war immer noch nichts zu hören. Thimsen öffnete den Rucksack, wärmte den Pelz mit der Hand vor, rieb und rubbelte. Ole Feddersen hielt reglos das schußbereite Gewehr. »Jetzt«, rief Thimsen plötzlich, »sechs Minuten. Er muß in den Rucksack.« Er kniete forsch vor der Hauptröhre, drängte mich zur Seite und rief: »Anton! Komm rauf, Anton! Sofort! Laß den Fuchs!« Aus der Erde, wen wird es wundern, kam keine Antwort. Der kostbare kleine Hund regte sich nicht.

Die Gefahr nahm zu, so daß jeder gern die Minuten daran gehindert hätte, zu verstreichen. Auf Thimsens Gesicht erschien ein Ausdruck redlicher Verzweiflung. Er stürzte wahllos hierhin und dorthin, preßte seine Hände auf die Schläfen, hob wohl auch die Augen zu den Wolken auf. Anton, der empfindliche, der gemietete Hund, kam weder selbst zum Vorschein, noch veranlaßte er die Füchse, vor die Flinten zu springen. Da war es nur verständlich, daß ein Mann wie Thimsen begann, leise zu klagen, wobei ich allerdings sagen muß, daß seine Klagen wie Flüche klangen. Acht, zehn, vierzehn Minuten vergingen – Anton war überfällig, sein Schicksal ließ keine Hoffnung mehr zu. Was hatte er mit den Füchsen, was hatten die Füchse mit ihm angestellt?

Ich lauschte noch einmal, ein letztes Mal, in die Hauptröhre hinab, und jetzt, wahrhaftig, hörte ich ein rasendes Scharren und Kratzen, das von unbeherrschtem Jaulen begleitet wurde. Hastig winkte ich Thimsen heran, ließ ihn lauschen, und Thimsen entschied in hilflosem Zorn: »Sie graben meinen Anton ein. Die Füchse beerdigen ihn lebend in ihrem Labyrinth.«

»Lebt Anton denn noch?« fragte ich.

»Er kann«, sagte Thimsen, »gerade noch so leben.«

»Gerade noch«, sagte Ole Feddersen, »das ist zuwenig für eine Fuchsjagd.«

»Wir müssen ihm helfen«, sagte Thimsen, »wir müssen ihn ausgraben.«

Diese Entscheidung fiel nach achtzehn Minuten, also nachdem Anton, der kostbare Hund, dreimal hätte gewärmt werden müssen. Man schickte mich nach Bollerup, Spaten zu holen, weswegen ich zwar in der Lage bin, meinen Hin- und Rückweg zu beschreiben, jedoch nichts über die Wartezeit der Herren sagen kann. Ich beeilte mich. Ich brachte zwei Spaten zum Fuchsbau zurück, war nicht erstaunt, daß man mir das Gerät aus der Hand riß und, wollen wir mal sagen, mit panischem Eifer zu graben begann. Das füchsische Wohnsystem wurde wütend abgetragen, zerstört, und alle Augenblicke warf dieser Thimsen sich hin, horchte und konnte nichts hören. »Dann als Leiche«, rief er aus, »wenn ich keinen lebenden Anton haben kann, dann will ich einen toten Anton mitnehmen.«

Wie lange werden wir gegraben haben? Ich weiß es nicht genau; ich weiß nur, daß Ausrufe der Anerkennung die Arbeit begleiteten, denn nie zuvor hatte einer von uns das labyrinthische Kunstwerk einer Fuchswohnung von innen gesehen. Zwei Stunden werden es wohl gewesen sein, die wir benötigten, um die lange Notröhre zu entdecken, die die Füchse zu einem bergenden Gebüsch gegraben hatten. Es bestand kein Zweifel für uns, auf welchem Weg sie verschwunden waren; nur für Antons Verschwinden, für den Verlust des kostbaren Hundes fanden wir keine Erklärung, zumindest vorerst nicht.

Später erfuhren wir, daß Anton seinen Herrn, den gewissen Thimsen, schon in Steenaspe erwartete. Da der empfindliche Hund in der Zwischenzeit wohl an die zwanzig Mal hätte gewärmt werden müssen, soll er, dem Vernehmen nach, außergewöhnlich gezittert haben – weswegen Thimsen die Stundenmiete nachträglich heraufsetzte. Und da Ole Feddersen den Aufpreis nicht bezahlen wollte, kam es zu einem Rechtsstreit, der heute noch andauert.

HINTERGRÜNDE EINER HOCHZEIT

In Bollerup, Nachbarn, gab es einen Bauern, der hieß Sven. Dieser Sven Feddersen, ein langarmiger Mann mit schleppenden Bewegungen, mit wäßrigen Augen und dem Hals eines ausgewachsenen Truthahns, war, solange man denken konnte, begehrt: Erbe eines ansehnlichen Hofes, Besitzer des Mischwaldes, Eigentümer von Wiesen, Wasserläufen und Feldern, auf denen regelmäßig Steinäxte gefunden wurden, schien es ihm an nichts zu mangeln – außer an einer Frau. Da gab es so manche, die sich ihm an die Seite dachte, womöglich in seine bedächtigen Arme; doch Sven entging allen Fallen, ließ sich in keinen Hinterhalt locken, beschied alle unmißverständlichen Aufforderungen gewissermaßen abschlägig.

Man kann sich daher unser Erstaunen vorstellen, als er sich eines Tages, im Alter von siebenundfünfzig, verlobte. Seine Wahl war auf eine gewisse Elke Brummel gefallen, eine zarte, aber zähe Person, die beliebt war wegen ihrer Fähigkeit, Unterhaltungen wortlos zu bestreiten, alles Wesentliche durch Nicken zu sagen. Kaum war das bekannt, da erkundigte man sich nach dem Termin der Hochzeit, und Sven gab zu verstehen, daß die Hochzeit, seiner Meinung nach, im Herbst stattfinden werde, nach der Ernte. Da niemand an seiner Auskunft zweifelte, sah jedermann in seiner Verlobten bereits eine Elke Feddersen.

Doch der Herbst kam und ging vorüber, ohne daß die Hochzeit stattgefunden hätte. Fragte man Sven, warum die

Hochzeit ausgefallen war, so sagte er einfach, wegen des Todes eines Onkels, und dieser Grund wurde anerkannt.

Im darauffolgenden Jahr nun starb kein Onkel, und wer geglaubt hatte, daß die Hochzeit diesmal stattfinden würde, der sah sich getäuscht: der Herbst kam und ging vorüber, und der Zustand, in dem sich beide befanden, war nach wie vor der von Verlobten. Man konnte beobachten, wie die beiden einander zufällig auf dem Hünengrab begegneten, auf dem Feld oder auf der Straße, man konnte zur Kenntnis nehmen, wie sie ein Weilchen miteinander schwiegen, mehr war ihren Begegnungen nicht zu entnehmen. Da verriet nichts, daß man sozusagen füreinander versprochen war; kein Zwinkern, kein Winken und erst recht kein Wort.

Nun ist es wirklich nicht allein die Geschichte, die mich zwingt, Herbst auf Herbst verstreichen, das Verlöbnis dauern zu lassen. Sven Feddersen verhielt sich einfach, als sei ihm seine Verlobung mit Elke Brummel entfallen, denn fünf-, sechs-, achtmal kam der Herbst, und eine Hochzeit fand nicht statt. Die Leute in Bollerup, sie waren schon der Meinung, daß Sven sein Leben als Verlobter beschließen wollte, und hier und da vergaß man sogar, daß er überhaupt verlobt war. Man behandelte ihn allmählich wieder wie einen Ledigen, und das gleiche geschah mit Elke Brummel, die, zart, aber zäh, den Hof ihres Bruders zu beaufsichtigen half.

Plötzlich, nach neun ereignislosen Herbsten, geschah, was niemand mehr erwartet hatte: Sven Feddersen ließ einen Termin für seine Hochzeit bekanntgeben; ließ aber nicht nur den Termin bekanntgeben, sondern lud sogleich zweihundertvierzehn Personen, wovon einhundertachtundneunzig Feddersen hießen, in den Mühlenkrug, um mit ihnen die Hochzeit zu feiern. Da war Bollerup – nun, sagen wir mal, tief verblüfft; aus einer Spannung entlassen, seufzte man auf und beeilte sich, die geforderte Summe abzuzählen, denn obwohl eingeladen, mußte jeder, wie es in Bollerup üblich ist, die Rechnung selbst bezahlen.

Die ländliche Hochzeit fiel auf einen Sonnabend, und nach der Trauung fand sich die Gesellschaft im Gasthaus ein, wo man sich an langen Tischen niederließ und zu Ehren des späten Hochzeitspaares folgendes aß: saure Heringe, gebratenen Aal, gebratene Seezungen, gebackenes Huhn, geschmorte Koteletts, panierten Speck, ein Stück vom Hasen, Wurstplatten, Platten mit Schinken und kalter Schweineschulter, dazu Brot, Kartoffeln und Gemüse, danach Eis und Käseplatten. Hatte zunächst, während des Essens, noch hier und da jemand das Wort genommen, so entstand, erstaunlich und belastend, eine immer befremdlichere Stille, die jeder spürte, die jedem zusetzte, und mein Schwager will wissen, daß diese Stille nur deshalb entstand, weil jeder darüber grübelte, warum das Verlöbnis neun Jahre gedauert hatte. Insbesondere grübelte man deshalb darüber, weil das betagte Brautpaar, alles in allem, einen ausgeglichenen, zufriedenen Eindruck machte, sich aufmerksam die Kartoffeln zuschob, mitunter auch nachdenklich zunickte; und dabei fragte man sich natürlich, warum man dies Bild nicht bereits vor neun Jahren hatte wahrnehmen und genießen können.

Der Druck der Stille wurde so groß, daß einige Feddersens es als Erlösung ansahen, als eine Kapelle aus Flensburg, die sich selbst »Die blauen Jungen« nannten, mit ihrer Tätigkeit begann. Sven und Elke tanzten zuerst, und dann tanzten die andern, und ich könnte jetzt beschreiben, wie der Tanz sich ausnahm im Verhältnis zur Musik, könnte auch erwähnen, was mit dem überflüssigen Essen geschah, doch das und so manches andere interessiert nur die Betroffenen.

Ich möchte nur zugestehen, was von überregionalem Interesse ist, und da wäre zu sagen, daß Sven Feddersen keine Einladung zum Schnaps ausschlug, an die neunzig Mal anstieß und sich deshalb kostenlos an neunzig Schnäpsen labte. Das hatte zur Folge, daß er mitteilsam wurde, zuerst mit den Händen, die er hier und da fallen ließ, gegen Morgen auch mit dem Mund, und auf einmal, so berichtet mein Schwager, verschaffte sich jemand Luft, wollte sich gleich dazu Gewißheit verschaffen; und er ging – ich glaube, es war der Friseur, Hugo Feddersen – zum Bräutigam.

Stellte sich einfach vor ihn und fragte: »Warum, Sven Feddersen, hat deine Verlobung neun Jahre gedauert?« Darauf soll Sven gezwinkert und dann gesagt haben: »Als mein Onkel starb, da hinterließ er mir einen ganzen Keller voll Johannisbeerwein. Es gibt nichts, was ich so gern trinke wie dieses Zeugs. Nachdem ich die erste Flasche probiert hatte, sagte ich mir: heiraten kannst du, wenn der Keller leer ist; denn so ein Tröpfchen, das trinkt man besser allein.«

DIE BAUERNDICHTERIN

Auch in Bollerup, Nachbarn, gibt es Ereignisse, die niemand sich entgehen lassen darf, und am allerwenigsten eine Lesung von Alma Bruhn-Feddersen. Kaum war bekannt, daß die große Bauerndichterin sich zu einer Lesung aus ihren gesammelten, wenn auch noch nicht veröffentlichten Werken bereit erklärt hatte, waren die Karten auch schon ausverkauft. Zu lange hatte sie in selbstgewähltem, ein wenig drohendem Schweigen gelebt, zu ungeduldig war man in Bollerup, zu erfahren, warum sie sich entschlossen hatte, aus ihrer umdüsterten Einsamkeit heraus- und vor eine Öffentlichkeit hinzutreten.

Der Leseabend war festgesetzt auf ein Wochenende im Herbst – Wind drehte Laub in Spiralen, Hunde klagten sich weithin was vor –, und zwei Stunden vor Beginn begann es bereits zu strömen, zum Mühlenkrug hin, zum großen Saal im Mühlenkrug. Nicht einmal eine Zwangsversteigerung hätte so viele Leute zusammengebracht: das schlängelte sich dünn und zielbewußt die abseitigen Pfade hinab, kam hüpfend über die Sandwege, vereinigte sich auf der Dorfstraße, wälzte sich nun zum Mühlenteich und staute sich – fast möchte ich sagen: bedrohlich – vor dem Mühlenkrug, an dem die Dorfstraße vom zweiten Hauptweg geschnitten wurde.

Natürlich waren Lars, Jörn und Wilhelm Feddersen dabei, natürlich erschienen Doktor Dibbersen und der Dorsch mit seinem Sonntagsbein, sogar zwei Fischer aus Kluckholm konnte ich entdecken, die von ihrer baumlosen Insel hergesegelt waren. Imponierte schon die große Zahl der Besucher, die Alma Bruhn-Feddersen anlockte, so beeindruckte vielleicht noch mehr die Art, wie sich all die Besucher verhielten. Feiertäglich nämlich rückten die an, erwartungsvoll, in scheuer Andacht; da wurden keine klatschenden Begrüßungen ausgetauscht, keine einzige Anzüglichkeit war zu hören, und wo überhaupt etwas geschah, da geschah es gedämpft – das kennt man ja wohl.

Eine Stunde vor Beginn war der große Saal im Mühlenkrug nicht nur gefüllt, sondern überfüllt. Auf dem Boden hockten sie, lehnten an Fensterbänken und Heizungen, bedrängten einander stehend in den Gängen, doch alle Unbequemlichkeit zählte nicht, führte nirgendwo zu Streit. Alle Blicke konzentrierten sich aufs Podium, auf dem Tisch und Stuhl standen – ein sehr niedriger geschnitzter Stuhl, ein Klapptisch, über den man eine blauweiß gewürfelte Decke geworfen hatte –, ferner ein altes Sofa und eine Vase mit Astern, das waren die Lieblingsblumen der Bauerndichterin. Im Hintergrund, etwa in Augenhöhe, hing ein gelbes Plakat; es zeigte in den beiden oberen Ecken eine schwarze Leier und wiederholte nur, was mittlerweile jedermann wußte: Nach mehrjährigem Schweigen liest aus ihren gesammelten Werken Alma Bruhn-Feddersen.

So, und da von den Besuchern doch nicht mehr zu hören ist als Murmeln, Flüstern, nur hier und da ein hingehauchter Satz, können wir uns das Warten unter vergilbten Girlanden ersparen und erst beim Auftritt der großen Bauerndichterin aufmerken.

Sie kam nicht als erste. Die Hand, die tastend und bauschend so lange über den Vorhang lief, bis sie die Öffnung fand, gehörte Linchen Madsen, einer blassen, verschreckten Frau, die für Alma Bruhn-Feddersen als Haushälterin tätig war. Angestrengt hob sie den Vorhang, stellte sich auf Zehenspitzen dabei und vergrößerte die Öffnung, und dann, dann erschien sie, die Bauerndichterin: herrisch, mit unwirschem Doggengesicht trat sie aufs Podium, eine riesige schwarze Häkeldecke über dem birnenförmigen Körper, in einer Hand die Manuskripte, in der anderen einen Stock mit Elfenbeinknauf. Achtlos schob sie an Linchen Madsen vorbei, setzte den Stock hart auf, blickte strafend ins Publikum, was unvermeidlich zur Folge hatte, daß manch einer ein schlechtes Gewissen bekam. Schultern krümmten sich, Blicke wurden niedergeschlagen. Daß der Beifall so verhalten klang, lag ausschließlich am Respekt, den man der Bauerndichterin entgegenbrachte.

Dann knallte sie den Stock auf den Tisch, setzte sich auf den niedrigen Stuhl: Jetzt konnte ich sehen, daß sie schwarze Wollstrümpfe trug und hochgeknöpfte Schnürstiefel. Bei den ruckhaften Bewegungen ihres Kopfes schlackerte das hängende Wangenfleisch.

Auf einmal griff sie hinter sich, fummelte da und zog aus einer Geheimtasche ihres Rocks einige laufende Meter Taschentuch heraus, ziegelrot mit weißen Streifen. Sie schneuzte sich sorgfältig, vor allem aber so kraftvoll, daß die elektrischen Birnen im Saal zu flackern begannen. Danach schlug sie das Manuskript auf und sah einen Augenblick sinnend zur Decke empor; und in diesen Augenblick herrischer Sammlung hinein wagte sich ein anderer zu schneuzen, nämlich mein entfernter Vetter Frietjoff Feddersen. Die Bauerndichterin klappte das geheftete Manuskript energisch zu und blickte grollend den Störenfried an, der sich mit mehrmaligem Achselzucken zu entschuldigen suchte. Immer ungemütlicher wurde ihr Blick, immer fordernder, so daß Frietjoff Feddersen gar nichts anderes übrigblieb: er stand auf und entschuldigte sich nicht nur für die Unterbrechung, sondern erzählte auch stockend, wo und bei welcher Gelegenheit ihn die Erkältung erwischt hatte: nachts also, als er auf bloßen Füßen in die Küche tappte, um etwas zu trinken.

Die Bauerndichterin nickte, machte eine präsentierende Geste, die ungefähr besagte: Da sieht man, woher so was kommt. Sodann schlug sie das Manuskript auf und konzentrierte sich von neuem, atmete ein paarmal probeweise durch, als sich vor einem der niedrigen Fenster Lärm erhob. Geflucht wurde da, begehrlich gepocht, dann, wahrhaftig, konnte man verstümmelten Protestgesang hören – worauf Alma Bruhn-Feddersen nun wirklich nichts anderes übrigblieb, als das Manuskript zornig zuzuschlagen. Ein Wink von ihr, und die beiden Kluckholmer Fischer erhoben sich und gingen hinaus in den Garten, wo der Lärm sich sogleich legte. Der Störenfried, den sie an seinen langen Armen bald danach in den Saal und vors Podium schleiften, war niemand anders als Sven Feddersen. Er war betrunken. Er hatte offenbar so viel von seinem ererbten Johannisbeerwein getrunken, daß seine Beine sich nicht mehr einig werden konnten, in welche Richtung sie wollten. Trotzdem beharrte er darauf, der Lesung beizuwohnen.

Ein sengender Blick der Bauerndichterin genügte, und das selbstbewußte Grinsen des Betrunkenen wurde abgelöst von einem süß-sauren Lächeln, seine großspurigen Bewegungen wurden enger, und bald, während die Kluckholmer ihn in der Zange hielten, bequemte er sich auch zu einer

Entschuldigung. Jetzt gab die Bauerndichterin Anweisung, Sven Feddersen aufs Podium zu führen, und als er zitternd vor ihr stand, benutzte sie ihn so als lebendes Beispiel, an dem sie die vielfältigen Schäden des Alkohols deutlich machte. Mit ihrem schönen schwarzen Stock wies sie auf den Kopf und sprach von der »Erweichung des Gehirns«, wies auf die Augen und sprach von ihrer »Trübung«, und als sie auf die Folgen für die Leber hinwies, begann endlich das Publikum, Fragen zu stellen. Man tauschte sich gründlich aus, wie immer in Bollerup, und am Ende der Diskussion war Sven Feddersen nüchtern und durfte sich, von strafenden Blicken begleitet, auf dem Mittelgang setzen.

Alma Bruhn-Feddersen ruckte sich zurecht, ehe sie das Manuskript aufschlug und mit einem Daumen, der keinen Widerspruch duldete, diagonal übers Papier fuhr, um es zu glätten. Sodann ließ sie, um sich einzustimmen, einige rasselnde Töne hören – etwa wie Ankerketten sie hervorrufen, wenn eine Winsch sie einholt; außerdem trieb sie kurze, aber heftige Lippengymnastik. Eine Kopfwendung zurück zu Linchen Madsen, die, man kann es nicht anders sagen, artig auf ihrem Stuhl saß; und dann ließ sie hören, was ihr in selbstgewählter Einsamkeit eingegeben wurde.

Ich täusche mich nicht: zuerst ließ sie die vier Jahreszeiten über Bollerup herrschen mit allem, was man so von ihnen gewohnt ist. Sie verhängte also Winter über das Dorf, belegte es mit weißen Laken, sie warf ein paar irrende Krähen in die Luft, ließ es im gefrorenen Röhricht knistern, im Ofen knacken – angeblich ritt ein Feuerreiter durch die Stuben –, und dann inszenierte sie einen Wintersturm mit ortsüblichem Schneegestöber, rief tatsächlich »Hu! Huuh!« und ließ die Windsbraut um die Höfe streichen. Die Ufer, wie sie sich ausdrückte, erstarrten »im Eise weiß«, und die alten Weiden schienen auf einmal so grau – das kam mir bekannt vor. Als sie die »Rehlein wund« erwähnte, die mit beschädigten Läufen im Schnee nach Gräsern graben – dazu ließ sie matt unsere Kirchturmsglocke schlagen –, seufzte eine alte Frau neben mir und zog die Arme unter der Brust zusammen, als ob sie fröre.

Sie brauchte es nicht lange zu tun, denn ein scheckiger Frühling hatte schon die Stafette übernommen: klingelnd und nicht anders hüpfte Schmelzwasser über Stock und Stein in die aufnahmebereite Ostsee. Durchs Röhricht – diesmal Speeren gleich – ging ein Hauch. Auf Äckern und Wiesen, in den »Knicks«, im Mischwald: überall wurde nicht nur ein »munteres Regen« festgestellt, sondern auch ein »toll Gewühle«. Das mußte einfach gutgehen und einen

Sommer nach sich ziehen, den sie gewissermaßen mit kräftigem Ruderschlag und flaschengrün in den Saal holte.

Sie ließ sodann einen Wanderer im Korn und grünen Klee schlafen, von offenbar freundlichen Insekten umsummt, dann wieder – ich nehme an: nach einem warmen Regen – mußten Felder frisch gewürzt dampfen. Sie stellte »weidende, rote Rößlein« vors Auge, ein geschwelltes Segel, das eine Bucht erhellte, Libellen, sacht rauschende Wälder natürlich und die lastende Hitze, die sie mit einer Henne verglich. Kirschen prahlten bei Alma Bruhn-Feddersen mit roter Glut, und überall um Bollerup vernahm sie das »fröhliche Zischen der Sicheln«. Damit konnte sie den Stab an den Herbst abgeben.

Der spielte sich auf mit Eichelfall und »praller Rübe« und brachte, angeblich, »goldene Äpfel« zum Geschenk. Sie hängte frühe Nebel um ein Gehöft, stapelte Kisten mit silbernen Makrelen, und was unser Herbstwetter angeht, so mußten einmal Wolkenpferde galoppieren, ein andermal spürte man in »allen Wipfeln kaum einen Hauch« – auch das kam mir bekannt vor. Was machte sie noch mit dem Herbst? Stoppeln ließ sie singen »vorbei, vorbei«, sie entzündete ein Kartoffelfeuer, und zu guter Letzt entschloß sie sich, dem »helleren Los der Zugvögel nachzuträumen«.

Alma Bruhn-Feddersen richtete sich abrupt auf und winkte Linchen Madsen heran; die öffnete eine Blechschachtel, ich sah, daß sehr große Tabletten drin waren; die Bauerndichterin nahm eine heraus und schluckte sie ohne Wasser.

Warum gab es keinen Beifall? Waren die Zuschauer zu eingeschüchtert? Oder waren sie vielleicht gelähmt vor Ergriffenheit? Die meisten guckten zu Boden, blickten vermutlich die Rillen entlang, einige ließen Schlüsselbunde propellerartig kreisen, andere massierten Finger und Handgelenke, und einen sah ich – Thimsen aus Steenaspe –, der betrachtete sich ausdauernd in einem Taschenspiegel und bleckte dabei die Zähne.

Die Bauerndichterin kündigte nun drei kürzere Proben an, zunächst »Der Traum des Schmieds«. Es ging darum, daß jeder angeblich in das verwandelt werden möchte, was er liebt, und so fand sich der Schmied eines Nachts in einen Amboß verwandelt, auf den die ganze Welt eindrosch. Die meisten konnten mit diesem Traum nichts anfangen, sie regten sich nicht; aber dann las sie »Das große Aalstechen«, und auf einmal flog ein Zeigefinger hoch, starr und unübersehbar; dennoch nahm Alma Bruhn-Feddersen ihn nicht zur Kenntnis. Erst einmal mußte sie mit ihrem dritten Beispiel zu Pott kommen, sie nannte es »Der Blick der kranken Tiere«; es handelte von einem besessenen Tierarzt und begann: »Wer galoppiert so spät durch Regen und Wind...« Während sie las – es hörte sich an wie dunkler, grollender Gesang –, flogen auf einmal mehrere Zeigefinger hoch, reckten sich, schnippten, niemand konnte sie übersehen.

Kaum war die Bauerndichterin fertig, da erhob sich, ohne ermuntert worden zu sein, einer der Kluckholmer Fischer und wollte etwas richtigstellen. Er habe da, sagte er, was von den sieben Zinken der Aalgabel gehört; das stimme deshalb nicht, weil Aalgabeln bisher immer nur vier Zinken hatten. Er beantrage Änderung, hiermit. Außerdem wolle er darauf hinweisen, daß die beste Makrelenzeit im Frühjahr sei. Alma Bruhn-Feddersen sah ihn gereizt an und fragte: »Ihr habt wohl nichts als Tatsachen im Kopf, was? Eine Zinke zuviel, und ihr begreift Dichtung nicht mehr.«

Da ist noch etwas anderes, ließ sich Jens Otto Feddersen, der Dorsch, vernehmen. »Ich habe hier heute abend erfahren, daß zu gewisser Zeit um ganz Bollerup das ›fröhliche Zischen der Sicheln‹ zu hören ist. Mir ist es noch nie gelungen, dies Zischen zu hören, und vermutlich auch keinem anderen, denn in Bollerup gibt es keine Sicheln mehr. Hiermit beantrage ich eine Änderung.« Jetzt gelang es Alma Bruhn-Feddersen kaum noch, ihren Zorn zu unterdrücken. »Wo«, rief sie, »wo ist man so einfältig, die Sicheln wörtlich zu nehmen? Die sind doch das bekannte Werkzeug des Todes, und so weiter, damit erntet er doch, verdammt noch mal.«

Die Zuhörer waren geteilter Meinung; einige klatschten, andere wiegten bedenklich den Kopf. Die Bauerndichterin ertrug es. Sie verlor aber beinahe ihre Fassung, als ein gewisser Mogens Feddersen, ein ehemaliger Forstgehilfe, sich zu Wort meldete. Der wollte wissen, daß nur Hirsche, Ziegen und Schafe im Schnee nach Gräsern graben, nicht aber Rehe, wie man es ihm hier aufgetischt habe, und noch dazu wunde Rehe! Ob man nicht, so meinte er, die Rehe gegen Hirsche auswechseln könnte?

Eine wegwerfende, verächtliche Geste, und dann sagte die Bauerndichterin: »Fünfundvierzig Jahre bist du Forstgehilfe gewesen und hast es immer noch nicht begriffen: das Leid der Tiere im Winter, das kann man an keinem Hirsch, das muß man am schlanken, wehrlosen Reh zeigen.« – »Aber es hat noch nie im Schnee gegraben«, rief der Forstgehilfe. »Dann«, sagte die Bauerndichterin, »wird das Reh eben ab heute graben, und alle werden sich daran gewöhnen, auch du.«

Grimmig starrte sie in ihren Text, blätterte vor und zurück, als sich – mit angemessener Verspätung – der Schmied Uwe Johannes Feddersen erhob, die Kneifzange. Da sei auch einmal von ihm persönlich die Rede gewesen, sagte er, von dem, was er so träumt, und damit keine Mißverständnisse aufkommen, möchte er hiermit bekanntgeben, daß er noch nie von einem Amboß geträumt hat. Wenn er überhaupt träumt, sagte er, dann von Schellfisch, Dorsch und Seehechten, manchmal von Steinbeißern. Andere Träume möchte er sich verbitten, hiermit.

Es gelingt mir einfach nicht, den Blick zu benennen, den Alma Bruhn-Feddersen nun zum Schmied hinüberschickte, denn in ihm fanden sich Empörung, Wut, Geringschätzung und unwirscher Hochmut zusammen. Lange musterte sie ihn, und dann sagte sie etwas, was sie besser nicht hätte sagen sollen; mit gekrümmten Lippen nämlich stellte sie fest: »Deine Ausführung, Uwe, zeigt mir, daß ich völlig im Recht bin; denn so kann nur einer reden, der täglich sein Quantum mit dem Vorschlaghammer auf die Birne bekommt, mithin Amboß spielt. Aber du kannst dich damit trösten, daß es in Bollerup viele deiner Art gibt.«

Während der Schmied sich setzte, um darüber nachzudenken, regte sich hier und da Protest, drohende Zurufe flogen zum Podium hinauf, Fäuste reckten sich unter den Girlanden. Sehr langsam, immer noch mit gekrümmten Lippen, raffte die Bauerndichterin ihre Manuskripte zusammen und reichte sie Linchen Madsen. He, rief plötzlich der Dorsch, wir haben Eintritt bezahlt; demzufolge stehen uns noch zwanzig Minuten zu, oder bekommt man sein Geld zurück? Die Frau ließ ihren schönen Stock auf den Tisch niedersausen – so hart, daß auf einmal Stille eintrat; und in diese, sagen wir, ängstliche Stille hinein grummelte sie: »Hier hat man zuviel Sinn für Tatsachen, darum ist Dichtung reine Verschwendung für euch. Von mir aus laßt euch das ganze Geld zurückgeben, und erstickt danach an euren Tatsachen.« Damit verschwand sie grußlos durch den Vorhang, Linchen Madsen, die ihrerseits beleidigt die Schultern hob, hinterher.

Seitdem lebt die große Bauerndichterin wieder in selbstgewähltem Schweigen, und ich muß zugeben, daß ihr Ruhm nicht etwa abnimmt, sondern leise und beständig wächst.

DIE ÄLTESTE EINWOHNERIN IM ORTE

Zugegeben, Nachbarn, es gibt Leute, die haben mehr auf dem Buckel als zweiundneunzig Jahre; ob es aber irgendwo eine Frau gibt, die noch mit zweiundneunzig ihren Garten umgräbt, Reusen stellt, Kaninchen schlachtet, Holz hackt und, wenn es sein muß, das eigene Dach ausbessert – mir erscheint das zweifelhaft. Jedenfalls habe ich etwas Ähnliches weder aus dem Kaukasus gehört noch aus einem abgeschiedenen Seitental der Anden.

In Bollerup – und nur hier – gab es solch eine Frau, ein mageres, verledertes Wunder an Unbeugsamkeit, Birte Feddersen, die sie hier – ich meine: allzu naheliegend – die Schildkröte nannten.

Sie wohnte auf dem Altenteil ihres Hofes, diese Birte Feddersen – mit dem weitläufigen Vetter, der den Hof bearbeitete, hatte sie sich selbstverständlich schon nach kurzer Zeit ein für allemal überworfen –, ging eigensinnig und bärbeißig ihrer Wege, redete viel mit sich selbst, trug wattierte Röcke und Schuhe, die wie Militärstiefel aussahen, hatte immer Werkzeug bei sich; daß sie Schnupftabak nahm, hat mir allerdings keiner bestätigen können. Es war unvermeidlich, daß Birte Feddersen, die die meisten Gesetze des Alters sichtbar widerlegte, eines Tages mehr als nur örtliches Interesse erregte. Was sie da mit zäher Tätigkeit vorführte, was sie, die Alte, an ungewohnter Leistung zum besten gab: es drang über Bollerup hinaus und langte in Flensburg ebenso zu Gesprächen wie in Tinglev.

Nach dieser Vorbereitung, denke ich, wird es keinen verwundern, daß eines Tages in Bollerup ein Reporter auftauchte, ein Mann mit hängendem Augenlid, der außer seiner Herablassung noch einen Photographen mitgebracht hatte, offenbar zu dem Zweck, das Wunder der Biologie in Wort und Bild dingfest zu machen. Sie nahmen sich ein Doppelzimmer im Mühlenkrug, packten Seife und Waschlappen aus und verstrickten den Wirt ohne Umwege in ein Gespräch über Birte Feddersen.

Was sie wissen wollten? Also: Familienverhältnisse, besondere Gewohnheiten, Eigenheiten in der Ernährung, Tagesverläufe. Nichts, was der Reporter erfuhr, reichte aus, um auch nur bescheidenes Erstaunen hervorzurufen. Offenbar lebte er mit dem Außerordentlichen auf vertrautem Fuß und hatte sich, überfüttert mit Unerhörtem, das Staunen einfach abgewöhnt. Vielleicht hielt er auch alles, was da über Birte im Umlauf war, für Bolleruper Übertreibung. Daß er bedeutende Aufgaben zu übernehmen gewohnt war, das jedenfalls zeigte er, als er durch leichten Landregen, bei Windstille, zum Altenteil der Birte Feddersen hinabging und durchaus nicht behutsam an ihre Tür klopfte. Er mußte warten, lange, noch länger, sah natürlich nicht, daß jemand aus der Hintertür und geduckt durch den Garten davonflitzte, wartete und horchte wartend auf seltsame Geräusche, auf ein Schorren und Kollern und Quietschen, das gerade so klang, als würden eisenbeschlagene Seekisten hastig über den Fußboden gezogen. Dann hörte er ein dünnes Stimmchen, das ihn aufforderte, einzutreten in die niedrige Wohnstube: da lag sie.

In einem rotbezogenen Ohrensessel lag sie, unter einer riesigen Flauschdecke, angestrengt atmend, die tiefliegenden Augen glanzlos. Fleckig die Kopfhaut, die mageren Hände ineinandergelegt, die bläulichen Lippen halb geöffnet. War das das biologische Wunder von Bollerup? Der Reporter und der Photograph: sie können nicht nur, sie müssen jetzt einen Blick der Betroffenheit tauschen, müssen die Füße leiser aufsetzen und jene Art gesammelter Betretenheit zeigen, die die Nähe des Todes, zumindest die spürbare Hinfälligkeit, wie von selbst aufkommen läßt.

Beide konnten, angesichts dieser zittrigen Hinfälligkeit, nichts anderes annehmen, als daß sie einem Gerücht aufgesessen waren, sie umrundeten mehrmals den Ohrensessel und beschlossen, Birte Feddersen sich selbst zu überlassen; doch die Alte wollte nicht, die Alte bestand darauf, mit ihnen Tee zu trinken, zumal das Wasser schon auf dem Herd kochte. Der Photograph goß den Tee auf, und er war es auch, der Birte, die zu schwach war, um die irdene Tasse halten zu können, den Tee einflößte, in kleinen, vogelhaften Schlucken. Wie ergiebig die Unterhaltung war, mag man daraus ersehen, daß der Reporter von den schlechten Busverbindungen sprach, die Alte sanft und undeutlich von dem dauerhaften Landregen brabbelte, der die Erbsenernte zu gefährden drohte.

Zum Abschied erhielten sie einen matten Blick von weither, sagen wir, einen Blick von der Schwelle vor einer anderen Welt, der sie so beeindruckte, daß sie sich, bevor sie gingen, stumm verbeugten.

Es besteht kein Zweifel daran, daß sie sozusagen mit leeren Händen zu ihrer Redaktion zurückgefahren wären, wenn nicht der Photograph, schon im Vorgärtchen, noch einmal einen Blick durchs Fenster geworfen hätte. Was er sah, mußte ihn zumindest überraschen. Er sah nämlich, wie die Alte die Flauschdecke energisch abwarf, unter den Ohrensessel langte, dort eine Flasche Rum hervorholte, die Teetasse füllte und trank – mit Erleichterung und hastigem Behagen.

»Mir scheint«, sagte der Photograph, »mit ein bißchen Ausdauer kommen wir hier doch noch auf unsere Kosten.«

Im Mühlenkrug, bei gebratenen Schollenfilets und Fliederbeersuppe, analysierten sie sodann ihren Besuch bei Birte, erwogen alle Einzelheiten und beschlossen bei doppeltem Weizenkorn, das biologische Wunder von Bollerup auf andere Art zu erfassen: heimlich, durch unbemerktes und, wenn es sein mußte, geduldiges Nachspüren. Also legten sie sich auf die Lauer, verkleideten sich gelegentlich, trennten sich, hockten hinter Fischkästen am Strand oder in Birte Feddersens Himbeeren, und mitunter wurde ihr Lauschen auch belohnt – freilich nicht so, wie sie es sich gewünscht hatten: am knotigen Wanderstock, schlurfend und gebrechlich, erschien die Alte vor ihrem Haus, tauchte am Dorfteich auf und hin und wieder am Strand, nie in Tätigkeit, immer nur leicht wie ein gekrümmtes Blatt, das ein bescheidener Wind hergeweht hatte. Manchmal schien sie die beiden wiederzuerkennen, manchmal blickte sie in reiner Abwesenheit durch sie hindurch, so versunken, daß man ihr nur den Weg freigeben konnte. Einmal fand sie sich sogar im Mühlenkrug ein, der Reporter hörte sie mit dem Wirt flüstern, doch bei seinem Auftauchen tat die Alte, als hätte sie sich verirrt, und trippelte, über sich selbst den Kopf schüttelnd, hinaus, sehr hilfsbedürftig und doch alle Hilfe abwehrend. Man kann sich vorstellen, wann bei dem immergleichen Bild graziöser Hinfälligkeit, das die Alte bot, der Reporter und sein Kollege mutlos wurden und, so laut es ging, von Abschied sprachen.

Sie packten auch wieder Seife und Waschlappen ein, bezahlten die Rechnung und gingen gut sichtbar zur Bus-Station – nur hat sie an diesem Tage niemand einsteigen sehen. Das konnte auch niemand, denn kaum hatten die beiden das offene Wartehäuschen erreicht, da sprang zunächst der eine, dann der andere in den nahen Mischwald; in ausreichender Deckung umrundeten sie Bollerup, folgten dem Schutz eines Knicks und strebten hintereinander zur Steilküste, wo sie sich oberhalb des Landungsstegs in ein Feld hockten.

Da können sie erst einmal hocken und von mir aus das bekannte friedfertige Bild auf sich wirken lassen, das idyllische Behelfshäfen an der Ostsee bieten: die wehenden Netze an den Trockenstangen, ein Haufen funkelnder Glaskugeln,

Signalflaggen an leichten Bambusstäben, Bojen mit frischem Teeranstrich und vielleicht noch die aus hellem Holz gezimmerten Fischkästen. Die Ostsee selbst: flaschengrün und bockig; im Abstand von jeweils dreihundert Metern Grundnetze; dazwischen, rot und schwarz bewimpelt, Aalreusen.

So, und noch länger brauchen sie nicht im Feld zu hocken, da sie zu bestimmter Stunde zwangsläufig sehen müssen, was die Leute von Bollerup unzählige Male gesehen hatten: Birte Feddersen nämlich, wie sie in groben Stiefeln, mit breiter Holzbalje unterm Arm am Strand erschien, ohne Knotenstock und gar nicht trippelnd auf den Laufsteg ging und die Leine eines Fischerbootes loswarf.

»Los«, sagte der Reporter, und die Kamera des Photographen begann zu klicken. Und sie hielt klickend fest, wie die Alte den betagten Dieselmotor startete, hinausdrehte zu den Reusen und Grundnetzen, dort wirkte und unvergleichlich tätig war. Mit einem Riß öffnete sie ihren Spezialknoten am Garn, ließ Aale, Dorsche, Butt und Hornfische zappelnd und schlappend ins Boot fallen. Mit energischem Zug schloß sie das Garn wieder, band ihren Spezialknoten und warf die Reusen ins Wasser zurück.

So wie ich Birte Feddersen kenne, kann man ihr ruhig zutrauen, daß sie sodann mit einem Vorschlaghammer hier und da einen Pfahl festschlug, den die Stürme gelockert hatten. »Die Kamera«, sagte der Photograph, »meine Kamera wird mir beweisen, was ich gesehen habe.«

Jetzt kann Birte in schäumendem Bogen zum Landungssteg zurückkehren, festmachen, die Fische in die Balje füllen und, das Gewicht auf ihrem Kopf balancierend, über den steinigen Strand gehen. Da befahl der Reporter: »Los!« –

und er und der Photograph richteten sich auf und rutschten den steilen, von erwähntem Landregen aufgeweichten Weg hinab. Natürlich kann man jetzt fragen, wie eine andere Frau gleichen Alters sich betragen hätte, die so überrascht worden wäre. Birte Feddersen setzte sorgsam die Fische ab, seufzte berechnet, und mit einem Klagelaut, der sich so anhörte, als ob sie sich zuviel zugetraut hätte, fiel sie, wiederum berechnet und mit halber Drehung, so nach vorn, daß die Männer sie ohne Mühe auffangen konnten. Sie stützten sie. Sie sprachen beruhigend auf sie ein. Sanft tätschelten sie die Wange der Alten, die sich unerwartet aus ihrem Griff befreite und ängstlich fragte: »Ist Schluß jetzt? Alles zu Ende?«

Der Reporter stutzte, er fragte: »Was soll zu Ende sein?« – und die Alte darauf: »Na, die Invaliden-Rente. Seit vierundzwanzig Jahren nämlich bekomme ich Invaliden-Rente, und ihr seid doch wohl gekommen, um mich zu prüfen.«

»Wir sind nicht wegen der Rente gekommen«, sagte der Reporter, und der Photograph nickte bewundernd und nahm die Balje mit den Fischen auf.

Unterwegs erklärte der Reporter, warum sie nach Bollerup gekommen waren, er und sein Kollege, und Birte lächelte und erholte sich rasch vom Schrecken der Überraschung: sie war auf einmal so gut gelaunt, daß sie, als sie am Mühlenkrug vorbeikamen, zwei Flaschen Weizenkorn holte und die Männer zu sich einlud, aufs Altenteil. Sie trank den Weizenkorn mit schwarzem Johannisbeersaft. Sie konnte nicht oft genug auf die Erleichterung anstoßen, die es für sie bedeutete, daß ihr niemand die Invaliden-Rente nehmen wollte. Immer zufriedener wurde sie, immer ausgelassener und übermütiger; wenn da ein Grammophon gewesen wäre –

ich kann mir denken, daß Birte Feddersen eine Platte aufgelegt hätte. Einige, wenn auch vielleicht nur angedeutete Tanzschritte soll sie jedenfalls gemacht haben; sie verhielt sich überhaupt so kraftvoll und beweglich, daß der Reporter, nachdem er eine neue Flasche geholt hatte, einfach fragen mußte, was seine Redaktion ihm zu fragen aufgegeben hatte.

Birte Feddersen schüttelte den Kopf, machte eine wegwerfende Geste. »Wunder«, sagte sie gedehnt, »hört bloß auf, von Wunder zu reden. Mir geht es einfach so gut, weil mein Mann – also immer, wenn unsere Tiere geimpft wurden und es blieb etwas übrig von dem Impfstoff, dann hat mein Karl hinterher mich geimpft. Mit dem Rest, ja. Wo sollte er sonst hin damit? Manchmal denk ich: wenn ich ihn auch geimpft hätte damals, wäre er mir nicht vor zwölf Jahren weggestorben.«

Der Reporter und der Photograph: sie sahen sich erschrocken an, und dann fragte der Reporter, ob er dies so schreiben dürfe, worauf Birte Feddersen sagte: »Warum denn nicht? Der Tierarzt nämlich ist auch schon lange tot, und vermutlich, weil er ebenfalls vergessen hat, sich selbst zu impfen.« Der Reporter mußte sich eine Weile fassen, dann sagte er: »Jedenfalls, Frau Feddersen, hoffe ich sehr, Sie an Ihrem hundertsten Geburtstag wiederzusehen.«

Die Alte beäugte ihn nachsichtig und sagte dann: »Warum nicht? Gesund genug sehen Sie ja aus.«

DER HEIMLICHE WAHLSIEGER

Keiner, Nachbarn, war in Bollerup so beliebt wie der Waldarbeiter Fiete Feddersen. Das steht fest, auch wenn niemand bei uns in der Lage war, alle Gründe für diese Beliebtheit zu nennen. War es seine hartnäckige Bescheidenheit? Vielleicht die sanfte, unbeirrbare Höflichkeit, die von jedem Wetter unabhängig war? Oder lag es daran, daß er, tief in den Wäldern tätig, die meiste Zeit der Woche unsichtbar blieb? Nicht zuletzt aber kann seine Beliebtheit auch dadurch erklärt werden, daß er, wenn er sich überhaupt äußerte, dies auf so unerhört einsilbige Weise tat, daß kaum etwas übrigblieb, was man ihm hätte übelnehmen können.

Wer die Gründe erfahren zu müssen glaubt, kann ihnen nachgehen; für die Geschichte braucht lediglich festgestellt zu werden, daß Fiete Feddersen, der seiner eigenen Kraft so mißtraute, daß er es nicht einmal wagte, ein Vogelei zwischen die Finger zu nehmen, ohne das geringste Bemühen zum beliebtesten Einwohner von Bollerup geworden war. Doch wenn er sich schon nicht darum bemühte, zu werden, was er war, so bemühten sich doch andere darum, seine außerordentliche Beliebtheit für ein sozusagen hohes Ziel nutzbar zu machen: für die Politik nämlich.

Ich darf hier nicht schweigen: kurz vor den letzten Wahlen durchstreifte eine kleine Kommission die Fichtenschonung, lauschte, streifte durch den Mischwald, lauschte und wandte sich, den rhythmischen Schlägen eines schweren Hammers folgend, zum Kiefernwald hinüber, wo gerade das Bruchholz aus der vergangenen Sturmnacht zerlegt wurde. Dort arbeitete Fiete Feddersen. Zwischen gestürzten, geknickten, verdrehten Stämmen arbeitete er, fleißig auch ohne Aufsicht, auf dem Kopf die sonderbare Mütze mit den extra langen, nun aber hochgebundenen Ohrenschützern, die ihm das Aussehen eines bedröppelten Hasen gaben. Die Kommission – sie bestand aus meinem Großonkel Franz Jesper Feddersen und aus Arnim Daase, einem Vertreter für Landmaschinen – grüßte freundlich; man setzte sich auf leuchtendes Stubbenholz, bot einander Tabak an, rauchte aber nur kalt, um nicht die Schilder ins Unrecht zu setzen, die auf Brandgefahr aufmerksam machten. Und dann kam die Kommission zur Sache. Sie bot Fiete Feddersen an, für die Grüne Union zu kandidieren, für die Partei des Fortschritts und der zähen Reformen. »Ein Mann wie du«, sagte die Kommission, »kann seine politische Heimat nur in der Grünen Union haben.« Und sie sagte: »Mit deiner Hilfe, Fiete, wird es uns gelingen, den feinen Eduard Kallesen und seine feine Schwarze Union eindrucksvoll zu schlagen.«

Der Waldarbeiter lächelte bekümmert und schüttelte den Kopf. »Nein«, sagte er, und mehrmals hintereinander: »Nein, nein.« Zu helfen, dazu sei er immer gern bereit, aber er könne nur dort helfen, wo es ihm gegeben sei, sagte er. Und er wies darauf hin, daß es ihm nicht nur an den einschlägigen politischen Kenntnissen fehle, sondern auch an der Gabe, ohne die kein Politiker auskommt: Reden zu halten.

Das war der Kommission bekannt. Sie wußte auch, daß sich niemand in Bollerup mehr durch Einsilbigkeit hervorgetan hatte als ihr neuer Kandidat; dennoch blieb sie bei ihrer Wahl. »Wir haben«, sagte die Kommission, »alles

berücksichtigt: was wir brauchen, ist der Mann Fiete Feddersen, und der kann so schweigsam bleiben, wie er war; was erforderlich ist, wird Arnim Daase für dich übernehmen; er wird für dich die Fragen beantworten, wo es sein muß; er wird Erklärungen in deinem Namen abgeben, und falls man ihn dazu zwingt, wird er für dich reden. Es genügt, wenn du zu seinen Worten nickst.«

Fiete Feddersen zuckte die Achseln, wollte und wollte nicht, war einerseits bereit zu helfen und andererseits unsicher, ob er selbst dem verminderten Anspruch genügen würde; doch schließlich – nachdem die Kommission förmlich an ihn appelliert hatte – erhob er sich, stand einen Augenblick in redlicher Verlegenheit da, und dann nickte er, sachte, aber erkennbar: die Grüne Union in Bollerup hatte den beliebtesten Einwohner für sich gewonnen.

Die Kommission gratulierte und verabschiedete sich, und als sie sich in die Fichtenschonung zwängte, erschrak der Waldarbeiter nachträglich – gerade so, als ob er sich selbst verkauft hätte. Vor Unruhe gelang ihm nichts mehr, kein Schlag und kein Hieb, er mußte an das gegebene Wort denken und an sein erstes öffentliches Auftreten, und am liebsten wäre er der Kommission nachgelaufen, um sich sein Versprechen zurückgeben zu lassen. Blieb ihm vielleicht etwas anderes, als sich auf einen Stamm zu setzen und zu grübeln? Eben, und darum setzte er sich und begann, nicht ohne ein schmerzhaftes Ziehen in der Brust, zu grübeln.

Von der Grünen Union wußte er immerhin, daß sie sich selbst die Partei des Fortschritts nannte. Ihre Mitglieder – Kleinbauern, Vertreter, Arbeiter wie er selbst – trugen fast ausnahmslos Taschenuhren. Sie wollten um jeden Preis mehr Gerechtigkeit. Doch wenn er sich nicht irrte, strengte sich eben dafür auch die Schwarze Union an, deren Mitglieder fast ausnahmslos Armbanduhren trugen. Sie nannte sich die Partei der Bewahrer und hatte in Eduard Kallesen einen Vorsitzenden, der jederzeit ohne eine einzige schriftliche Notiz vier Stunden reden konnte, und das auch noch mit erkennbarer Begeisterung. Nicht einmal Arnim Daase konnte es mit ihm aufnehmen, obwohl der mitunter redete, daß die Milch zu Butter wurde. Ließ sich der leichtsinnige Entschluß nicht doch noch rückgängig machen?

Früher als sonst machte Fiete Feddersen an diesem Tag Feierabend und ging nicht allein bedrückt, sondern auch auf Umwegen nach Hause. Seine Frau wußte bereits alles: Franz Jesper Feddersen war mit einem Stapel von Broschüren, von Merkzetteln und Programmen vorbeigekommen und hatte ihr von der Kandidatur erzählt. Für seine Niedergeschlagenheit hatte sie nichts anderes übrig als ihren Lieblingsausspruch, mit dem sie sich über alles hinweghalf: »Ach, Fiete, dat löpt sech allns trecht.« Danach rührte sie Eier in die Bratkartoffeln, während Fiete seufzend den Stapel mit den Wahlschriften umkreiste, plötzlich stehenblieb, sich ein Heftchen schnappte und zu lesen begann. Er las; und wie ich ermittelt habe, las er beim Abendbrot und die halbe Nacht durch, ohne damit fertig zu werden. Aber wer denkt, daß Fiete schon am nächsten Abend weitergelesen hätte, der täuscht sich: mit einem Gesichtsausdruck, der schwer zu deuten war, trug er die Papiere in den Schuppen, Abteilung Brennbares. Hielt er das Material für überflüssig? Oder hatte er, noch vor der drohenden Auseinandersetzung mit Eduard Kallesen, sanglos aufgegeben? Einiges spricht dafür; denn fortan kümmerte Fiete Feddersen durch die Tage, ließ in seiner aufmerksamen Höflichkeit nach, unterbrach öfter seine Arbeit und saß in schwermütiger Versunkenheit auf einem Stubben. Niemand wird erstaunt darüber sein, daß er am Tag der großen Auseinandersetzung nicht in der Lage war, Nahrung zu sich zu nehmen.

Danach fragten allerdings nicht seine Freunde von der Grünen Union. Sie holten ihn frühzeitig ab, scherzten, munterten ihn auf, versuchten, ihm etwas von ihrer Zuversicht abzugeben. Sie nahmen ihn in ihre Mitte und zogen gemütlich, um von möglichst vielen bemerkt zu werden, die Straße zum Mühlenkrug hinab, Parolen rufend, ein Siegeszeichen in die Luft schreibend.

Am Eingang zum Mühlenkrug, vor den beiden Linden, erschrak Fiete auf einmal so sehr, daß er wie betäubt dastand: er hatte sein Bild auf dem Plakat entdeckt. Es war ein altes Bild, das ihn mit geschulterter Axt zeigte, vergnügt, wie ihn jeder kannte, auf dem Kopf die sonderbare Mütze mit herabgelassenen Ohrenschützern; im Hintergrund bogen sich Tannenäste unter der Last des Schnees. Er las die Bildunterschrift – Auf ihn ist Verlaß! – und äugte zum Nachbarplakat hinüber, auf dem Eduard Kallesen abgebildet war, hoch zu Pferd, seine Mütze ziehend, und unter dem Bild der Satz: Mit ihm über jede Hürde! Instinktiv wollte Fiete sich abwenden, umkehren, doch seine Freunde schoben ihn unerbittlich vorwärts, durch Rauch und Lärm erst einmal in ein Hinterzimmer. Hier drückten sie ihn auf einen Stuhl, steckten ihm eine Plakette an den Rockaufschlag, verbesserten den Sitz der ungeliebten Krawatte. Und Arnim Daase wiederholte noch einmal die Strategie, die zum Sieg führen sollte: »Schweigen, Fiete, du mußt schweigen, auch wenn sie dich provozieren. Dasitzen mußt du. Beifällig nicken mußt du. Und immer wieder: schweigen. Was zu reden ist, übernehme ich.«

Fiete Feddersen zeigte matt an, daß er alles verstanden hatte, man trocknete ihm den Schweiß ab, zog ihn vom Stuhl und drängte ihn hinaus, einen zugigen Gang entlang und dann zum Podium. Es war verabredet worden, daß beide Parteien gleichzeitig durch den Vorhang schlüpfen sollten, die Grüne Union von links, die Schwarze von rechts; das gelang. Gleichzeitig traten die Wahlkämpfer an den Tisch heran, gleichzeitig nahmen sie Platz, begleitet von Beifall, Pfiffen und Hochrufen. Das dröhnte, das gellte und frohlockte, Biergläser reckten sich ihnen entgegen, glimmende Zigarren schrieben rotierende Feuerräder in die Luft, Flaschen begannen auf wackligen Tischen zu hüpfen – jeder kennt ähnliche Bilder der Leidenschaft. Fiete Feddersen zwang sich, in den Saal zu blicken, wanderte blickweis die Tische ab, die zu schwimmen schienen in Qualm und Dunst. All diese Zeichen und Gesten, die begeisterten Zurufe – galten sie tatsächlich ihm? Sie mußten ihm gelten, denn schon jetzt, bevor die Vorstellung begann, bildeten sich einige wenn auch dünne Sprechchöre, die »Fie-te, Fie-te!« riefen. Und daß er gewisse Hoffnungen trug, zeigte sich dann auch bei der Vorstellung, denn es war unüberhörbar, daß der Beifall, den er verbuchen konnte, ein wenig stärker war als der, den Eduard Kallesen einheimsen durfte.

Sodann wurden beide Parteien aufgefordert, eine Grundsatzerklärung abzugeben; das Los hatte entschieden, daß Kallesen als erster sprechen durfte, und wer ihm noch nie als Redner begegnet ist, dem darf ich versichern, daß der ebenso energische wie elastische Mann, der das Mikrophon lässig wie eine Zigarre vor dem Mund hielt, der sowohl überlegen wie dauerhaft lächelte, einen starken Eindruck hervorrief. Jedenfalls hätte Arnim Daase, der nach ihm für die Grüne Union sprach, den Eindruck von sich aus nicht wettmachen können, wenn nicht Fiete Feddersen so heftig genickt hätte, daß viele, einfach dem Zwang des Beispiels folgend, mitnicken mußten. Damit blieb einstweilen alles unentschieden; auch der Anfang der scharf geführten Diskussion änderte nichts an der Ausgeglichenheit der Stimmung im Saal.

Wie herablassend und dabei unerbittlich dieser Eduard Kallesen die Diskussion bestritt! Es machte ihm augenscheinlich ein diebisches Vergnügen, sich fortgesetzt an Fiete Feddersen zu wenden, obwohl dieser ihm nicht antwortete. »Würde mir«, so fragte er etwa, »mein verehrter Gegenspieler, Herr Fiete Feddersen, ein wenig seine Preispolitik erläutern, falls das private Land in kommunalen Besitz übergeführt werden sollte?« Arnim Daase erhob sich sogleich und leitete seine Antworten mit Wendungen ein wie: »Unser Kandidat ist der Ansicht…« oder: »Meine Freunde und ich stimmen darin überein…« oder aber: »Fiete Feddersens Meinung zu diesem Problem lautet…« – wobei Fiete oft schon Zustimmung nickte, bevor seine angebliche Meinung ausgesprochen wurde.

Hin und her ging es zwischen Kallesen und Daase; sie setzten sich über Schlachtprämien auseinander, über Milchsubvention, über Rentenversicherung für Landwirte und, in schärferer Tonart, über Verteidigungspolitik. Zwischen ihnen saß nachdenklich, die gefalteten Hände im Schoß, Fiete Feddersen mit schweißglänzendem Gesicht. Manchmal zuckte er; das war, wenn ihm saurer Schweiß in die schlechtbewimperten Augen tropfte. Folgte er überhaupt der Diskussion? Bemerkte er, daß, am Beifall aus dem Saal gemessen, die Auseinandersetzung immer noch unentschieden war? Er mußte es bemerken, denn auf einmal hob er die Hände auf den Tisch und musterte Kallesen mit unergründlichem Blick. Der hatte sich gerade, und zwar nahezu höhnisch, nach der Schulpolitik der Grünen Union erkundigt und wollte jetzt wissen, ob Fiete Feddersen tatsächlich mit dem Gedanken umging, alle Zeugnisse abzuschaffen. Und die Prüfungen. Und den sogenannten »Hokuspokus mit den Zensuren«. Wörtlich fragte er: »Müssen wir fürchten, daß mein verehrter Gegner, dessen persönliche Leistungen wir alle schätzen, über Nacht ein Feind aller Leistung geworden ist? Soll auch in Bollerup eine trübe Gleichmacherei triumphieren?« Der Beifall, den Kallesen darauf erhielt, war so frenetisch, daß Arnim Daase Mühe hatte, ihm zu entgegnen. Vielleicht war er in der Schulpolitik nicht so bewandert, vielleicht aber war er Kallesen tatsächlich nicht gewachsen, jedenfalls gelang es Arnim Daase diesmal nicht, den Vorsprung an Sympathie aufzuholen.

Kallesen wäre nicht Eduard Kallesen gewesen, wenn er nicht sofort seine Chance erkannt hätte, den ausgepunkteten Gegner vollends auf die Bretter zu schicken. Er schnellte hoch. Getragen von Beifall, setzte er zu neuer Rede an und wollte von Fiete wissen, wie er zum Bau der Sport- und Reithalle stehe – mit anderen Worten, wie groß Fiete die Gesundheitspolitik schreibe. »Mit einer Reithalle könnte Bollerup ein Mittelpunkt werden«, rief er. Man hätte Nordische Meisterschaften in den Mauern. Bei Spiel und Sport könnten die Kinder gesund heranwachsen – und so weiter. Nun?

Herausfordernd sah er Fiete Feddersen an, und natürlich in der Erwartung, daß Arnim Daase für ihn antworten werde, doch da geschah etwas, das niemand bei uns vergessen wird. Fiete Feddersen erhob sich und straffte den Oberkörper. Das Murmeln im Saal hörte auf. Man stieß sich an, vertrieb die Rauchwölkchen. Verblüfft blickte Kallesen, verstört mancher Freund von der Grünen Union, und Arnim Daase versuchte, nachdem er sich von seinem Schrecken erholt hatte, Fiete durch ein Zeichen aufzufordern, bei der Strategie des Schweigens zu bleiben. Umsonst! Ich persönlich dachte nur: So nimm denn, Unglück, deinen Lauf.

Fiete Feddersen schluckte, pochte mit kräftigem Fingerknöchel auf die Tischplatte und trank erst einmal ein ganzes Glas Mineralwasser leer. Dann sagte er mit sehr leiser Stimme: »Vierzig Jahre war ich im Wald, in der Natur.

Dachs und Wiesel wurden meine Freunde, die Krähe kam zum Frühstück, mit dem Eichhörnchen stand ich auf du und du. Wenn ihr mich fragt, wo die größte Fröhlichkeit anzutreffen ist, dann sage ich euch: unter den jungen Dachsen. Sie haben nur sich selbst; ein Tannenzapfen genügt ihnen zum Spiel für einen ganzen Vormittag. Wer jung ist, will sich balgen und sich beißen, dabei schärft er seine Sinne. Auf die Dauer freut man sich an bescheidenen Spielen. Und so möchte ich sagen: Wozu eine Reithalle? Zeigt den Kindern den Wald und laßt sie dort spielen wie die Dachse. Sie werden es euch danken mit Fröhlichkeit.«

Nicht nur üblicher Beifall, sondern ein Beifallssturm dankte dem Redner, der betreten abwinkte, sich faßte und sagte: »Die Waldtaube ist eines der wenigen Tiere, die sich um die Alten kümmern. Statt eine Reithalle zu bauen, sollten vielleicht einige Gemeindeschwestern angestellt werden, die könnten tun, was die Waldtaube tut.«

Ich sah einmal schnell zu Kallesen hinüber; der schüttelte den Kopf, seufzte, verzog geringschätzig sein Gesicht – vermutlich, weil er mit solcher Rede nichts anfangen konnte. Aber was ihn seufzen ließ und mutlos machte, das gefiel unten im Saal, das wurde mit Beifall und Bravo aufgenommen. Jetzt wollte man nur noch Fiete Feddersen hören, und Fiete sprach, fortgetragen von brausender Zustimmung und Begeisterung. Was er ihnen anzubieten hatte, war immer nur dies: Waldworte, Walderfahrung, dunkles Waldgleichnis; die setzte er auf jedes politische Problem. Er sagte etwa: »Der Jäger stellt dem Fuchs ein Zeugnis aus«, oder »Der Häher warnt auch seinen Feind«, und auf einen freundlichen Zwischenruf ließ er sich zur Eigentumspolitik so vernehmen: »Wenn ihr mich fragt, wo der schönste Sinn für Eigentum anzutreffen ist, dann sage ich euch: unter verwilderten Hauskatzen. Wenn das Waldrevier zu klein ist, einigen sie sich, wer zu welcher Zeit jagen darf. So gehört der Wald jedem und keinem. Denn was einer hat, ist alles nur geliehen. Aus dem Teilen kommt erst die Zufriedenheit. Das zeigt die verwilderte Hauskatze.«

Ich wunderte mich nicht, daß die Grüne Union nach anfänglichem Befremden auf einer Welle der Hoffnung schwamm, aber plötzlich wurde es ihr mulmig. Fiete Feddersen begann nicht nur, von den »natürlichen Herrschern des Waldes« zu sprechen, er verteidigte auch auf seine Art das Leistungsprinzip, indem er sachkundig auf das Beispiel der winzigen Haselmaus hinwies. Jetzt hellte sich sogar Kallesens Gesicht auf, und ob er es wollte oder nicht, er und seine Schwarze Union mußten einfach klatschen. Das geschah nun öfter – einmal jubelten die Grünen bei Fietes Rede, einmal die Schwarzen, und mitunter klatschten auch alle. Niemand in Bollerup kann sagen, wie lange Fiete eigentlich sprach, da niemand es wagte, auf die Uhr zu sehen. Unvermutet rief er aus: »Die Elster kann vieles, dennoch kann sie aus einem silbernen Löffel kein Junges ausbrüten.« Er machte eine Pause, wir sahen uns bestürzt an, und dann bat Fiete alle Anwesenden, seine Kandidatur zurückziehen zu dürfen. »Es ist«, sagte er, »wegen der fehlenden politischen Kenntnisse«, und damit setzte er sich.

Auch wer gar keine Phantasie hat, wird sich vorstellen können, was im Saal passierte: die Leute stürzten zum Podium, bedrängten und bestürmten Fiete, ließen ihn hochleben, doch Fiete ließ sich nicht umstimmen. Er begründete seinen Verzicht mit den Worten: »Manche fragen sich, warum der Dachs nur ein einziges Mal in seinem Leben ins Wasser geht. Darum, weil er schon beim ersten Mal einsieht, daß es ihm zu naß ist.«

Übrigens haben die Grünen die letzten Wahlen mit knappem Vorsprung gewonnen, und natürlich wissen sie, wem sie es zu verdanken haben. Der heimliche Sieger der Wahl aber war unbestritten Fiete Feddersen.

KLAUS FUSSMANN

WARUM SIEGFRIED LENZ NICHT EINEN EINZIGEN KARPFEN FING ODER WESHALB DER DICHTER EIN PARADIES VERSCHENKTE.

Von der Vorgeschichte, wie Siegfried Lenz das Grundstück gefunden hat, weiß ich nichts, aber irgendwann in den siebziger Jahren hat er das Gelände hinter dem Deich mitsamt dem ca. 400 Quadratmeter großen Teich gekauft. Wohl in der Hoffnung, so wird jedenfalls erzählt, einmal darauf eine kleine Hütte bauen zu können. Im Sommer wollte er dort dann schreiben, in der Nähe des Meeres und in vollkommener Abgeschiedenheit, umgeben von unberührter Natur. Beim Anblick der Lage, der Landschaft, der tarnenden Büsche und der stillen Versunkenheit des Geländes konnte ich seinen Wunsch sofort nachvollziehen, ja, mich selbst dort schreibend in kleinster Hütte vorstellen. Die Jahre vergingen, aber eine Genehmigung zum Bau wurde und konnte nicht erteilt werden, weil Teich und Land mitten im Landschaftsschutzgebiet liegen. Der Schriftsteller hat irgendwann die schwierige Lage der Behörde eingesehen und kurz entschlossen der Gemeinde Gelting das Grundstück mit dem fischreichen Teich geschenkt. Land und Teich wurden schon im Januar 1992 überschrieben, die formelle Übergabe fand jedoch erst im Frühling statt, als, wie ich mich erinnere, die Bäume blühten und die Tage wieder länger waren.

In fast feierlicher Stimmung folgten wir der Einladung

zur Übergabe. Die Schule, in der das stattfand, war voller Menschen in heller Sonntagskleidung, und der Bürgermeister hielt eine lange pathetische Rede der Dankbarkeit, versicherte immer wieder, wie pfleglich man mit diesem einmaligen Stück Natur umgehen würde und daß die Schenkung bei ihm und seiner Gemeinde in denkbar guten Händen sei. Es wurden weitere Reden gehalten, der Geltinger Shanty-Chor sang zwischendurch einige Lieder, und am Schluß las Siegfried Lenz aus seinen »Jütländischen Kaffeetafeln«. Mit leicht kehliger Stimme las er akzentuiert und flüssig, und alle waren danach in heiterer Stimmung, obwohl es draußen mittlerweile regnete. Als meine Frau und ich uns von ihm verabschiedeten, merkte ich erst, wie genervt er war. Solche Auftritte schienen nun gar nicht seine Sache zu sein. Die bei ihm gewohnte und anscheinend angeborene Konzilianz und Freundlichkeit schien auf eine harte Probe gestellt, sein ganzer Körper strahlte Flucht und Abwehr aus, und er wollte so schnell wie möglich nach Hause.

Damit könnte die Geschichte vom Teich, einem Grundstück und einem Autor, der darauf ein Holzhüttchen zum Schreiben bauen wollte – es aber nicht durfte –, zu Ende sein. Das wäre auch so, wenn das Handeln der Menschen immer so wäre, wie sie es sagen und versprechen. Hier war es etwas anders: Schon nach drei Tagen fuhren zwei Kombis den Fahrweg vom Deich herunter, parkten am Ufer des Teiches, und heraus stiegen Männer in Anglermontur, schraubten ihre langen Angelruten zusammen und holten einen nach dem anderen der von Siegfried Lenz und seiner Frau Lilo eingesetzten und so geliebten Karpfen heraus. Zwei Wochen später waren es sechs Autos, die vom Deich herabrollten und am Teich sich aufreihten. Und wieder eine Woche danach war das kleine Terrain zu einem Freizeitlager geworden, wo man eben angelte, an kleinen Tischen sich unterhielt oder Radiomusik hörte. Ein reger Verkehr entwickelte sich über den Deich, bis zur Abfahrt hinunter zum Siegfried-Lenz-Teich. Die Gemeinde hatte 146 Angelscheine vergeben, und jeder Inhaber hatte nun das Recht, sein Glück zu versuchen.

Ich habe mich damals darüber geärgert, wie ungeniert ein Versprechen gebrochen wurde und wie gleichgültig man über die Wünsche des berühmten Autors hinwegging. Habe bei Gelegenheit Siegfried Lenz auch davon berichtet und ihn dabei fast überzeugt, etwas zu unternehmen. Doch der Autor sagte, daß er die Schenkung ohne Auflagen gemacht habe, ganz im Vertrauen auf das Wort, und er schien weniger enttäuscht über die Vorgänge als ich. Er sah darin den Lauf der Welt, seine Reaktion war mehr ein Schulterzucken, es lohnte wohl nicht, sich gegen den Strom zu stellen. Im Herbst schrieb er einen Brief an den Bürgermeister und beklagte sich dann doch. Jedenfalls ließ die Angelei danach merklich nach.

Aber vielleicht war damals das Gewässer auch schon leergefischt, denn die letzten Angler standen stundenlang vergeblich in der herbstlichen Kälte. Und dann war eines Tages wirklich Schluß, kein Auto fuhr mehr die Abfahrt hinab oder hinauf, und das Gras wuchs wieder in den Fahrrinnen. Heute liegt das Gewässer unberührt da, das Gebüsch ist erheblich gewachsen, so daß man die Teichfläche nur von einigen Stellen aus sieht. Unten am Rand der Abfahrt steht ein Schild im hohen Gras. »Siegfried-Lenz-Teich. Dieses Gelände wurde den Bürgern der Gemeinde Gelting vom

Schriftsteller Siegfried Lenz am 01.01.1992 geschenkt« steht darauf. Kaum ein Spaziergänger sieht es. Das Reet ist weiter vorgedrungen, das Land wirkt verwuchert und verlassen, die hektischen Tage sind vorbei.

VERZEICHNIS DER BILDER VON KLAUS FUSSMANN

ÜBER DEN AUTOR

Siegfried Lenz, 1926 im ostpreußischen Lyck geboren, zählt zu den bedeutenden und meistgelesenen Schriftstellern der Nachkriegs- und Gegenwartsliteratur. Für seine Bücher wurde er mit vielen wichtigen Preisen ausgezeichnet, unter anderem mit dem Goethepreis der Stadt Frankfurt am Main, dem Friedenspreis des Deutschen Buchhandels und mit dem Lew-Kopelew-Preis für Frieden und Menschenrechte 2009. Seit 1951 veröffentlicht er alle seine Romane, Erzählungen, Essays und Bühnenwerke im Hoffmann und Campe Verlag. Zuletzt erschienen »Schweigeminute« (2008), »Landesbühne« (2009) und »Die Maske« (2011).

ÜBER DEN MALER

Klaus Fußmann, 1938 in Velbert geboren, gehört zu den markanten Vertretern der neuen Gegenständlichkeit. Er lebt und arbeitet in Berlin und Gelting (Schleswig-Holstein). Von 1974 bis 2005 war Fußmann Professor an der HdK/UdK in Berlin und ist seit 1989 Mitglied der Freien Akademie der Künste Hamburg. Die Kunsthalle Bremen und das Museum am Ostwall in Dortmund widmeten ihm 1992 und 2003 umfassende Retrospektiven. 2006 gestaltete Fußmann den Spiegelsaal im Hamburger Museum für Kunst und Gewerbe mit einem monumentalen Deckenfresko. Seit 2007 beschäftigt er sich mit Malerei auf Keramikobjekten.